그대 언제 이 숲에 오시렵니까

그대 언제 이 숲에 오시렵니까

도종환
산문집

ㄴㄴ〉〈ㄷㄴ

차례

1부 나는 꽃그늘 아래 혼자 누워 있습니다

2부 상처 없이 어찌 깊은 사랑이 움트겠는지요

3부 오늘 하루를 아름답게 사십시오

4부 우리가 사랑한 꽃들은 다 어디에 있는지요

1부

나는 꽃그늘 아래
혼자 누워 있습니다

우리를 기쁘게 하는 것들

아기의 웃는 얼굴은 우리를 기쁘게 합니다. 아무런 욕심도 티도 없는 얼굴, 흠도 죄도 모르는 뽀얀 얼굴로 웃고 있을 때 그 무구한 모습은 우리를 기쁘게 합니다. 노란 산국 위에 앉았다 발에 향기를 묻힌 채 어깨 위로 날아와 날개를 흔드는 고추잠자리, 그 위에 가을 햇살이 다사롭게 내려와 있을 때, 가을은 우리를 기쁘게 합니다. 평소에 늘 존경하고 가까이 하고 싶은 사람이 손수 쓴 짧은 편지가 든 우편물을 받았을 때, 그가 쓴 글씨체까지 가슴에 정겹게 다가오는 느낌을 받을 때, 라디오를 켜는 순간 좋아하는 음악이 흘러나올 때, 제임스 골웨이의 플루트에 맞춰 부르는 클레오 레인의 허밍이나 장 필립 오든의 〈일생〉 같은 첼로 음악을 만났을 때 음악이 끝나고 나면 좋은 일이 있을 것만 같습니다.

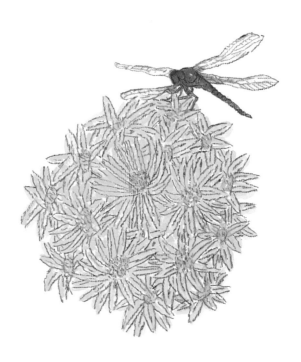

고장난 물건을 수리하러 갔다가 친절한 사람을 만났을 때, 친절하고 능력이 있으며, 고마워하는 나보다 더 밝고 환한 얼굴로 서서 인사하는 모습을 대했을 때 기쁨은 오래갑니다. 물을 찍어 얼굴 여기저기를 닦느라 연신 고개를 흔드는 어린 토끼의 모습, 바람에 잎을 뒤집으며 빈 하늘에 점묘의 붓을 찍는 포플러들의 행렬, 마음을 편하게 해주는 의사의 얼굴, 자상하게 병에 대해 이야기해주고 환자의 말을 귀담아 들어주는 의사의 진지한 눈, 고갯길을 돌아서는데 혼자 피어 있는 상사화, 장식품처럼 잘 다듬어져 있고 귀여운 모습을 지녔으면서도 자랑하지 않고 산속에 조용히 피어 있는 들꽃 한 송이는 우리를 기쁘게 합니다.

비 그친 뒤 골짜기를 타고 올라가는 골안개의 아름다운 비행, 평소에는 잘 보이지 않다가 느릿느릿 움직이는 비안개를 따라 드러나는 능선이 그리는 아름다운 한 폭의 담채, 오랫동안 보이지 않게 착한 일을 해오다가 우연히 드러나 알게 된 어떤 사람의 선행, 기도중에 복잡한 많은 상념들이 생기고 가라앉기를 되풀이하다 '감사하며 살아라, 믿으며 살아라, 사랑하며 살아라', 복잡한 대수방정식이 간단한 공식으로 정리되듯 그렇게 몇 마디 말로 함축되어 가슴에 자리잡을 때 우리의 마음은 고마움과 기쁨으로 가득찹니다.

태어난 지 며칠 되지 않은 병아리의 고운 발, 그 발로 땅을 밟으며 걸어가는 대견한 몇 발짝의 걸음, 뛰어난 능력을 가진 사람인데도 그 능력을 재물을 모으고 권력을 차지하는 데 쓰지 않고 사회를 위해서 봉사하고 가진 것을 나누게 하는 일에 쓰는 사람의 모습, 골짜기 바위틈에서 시작하는 석간수 맑은 물, 그 물을 작은 바가지로 떠서 마셨을 때, 곱게 늙으신 노인의 얼굴, 그가 살아온 삶과 마음가짐이 그대로 배어 드러나는 평온한 얼굴을 대했을 때, 거짓 없는 정직한 목소리와 겸손한 자세가 자연스럽게 어울리는 모습의 사람을 만났을 때, 수련잎 위에 앉아 있는 투명하고 고요한 물방울, 일 때문에 걸려온 전화인데도 목소리만 들으면 공연히 즐거워지는 반가운 사람의 전화, 편안하게 농담을 하며 기분 좋게 이야기가 오고가는 사람의 목소리는 우리를 기쁘게 합니다.

우리를 기쁘게 하는 것이 어찌 이것뿐일까요. 고개 너머 외딴집 자갈길 비틀거리며 내려가는 집배원의 오토바이 소리, 혼자 사는 할머니가 부탁한 약봉지를 전해주러 가는 집배원의 뒷모습, 내가 실수도 하고 잘못하기도 하는 걸 알면서도 말없이 덮어주고 이해해주는 고마운 사람의 눈길, 한동안 안 보이다 다시 나타나 툇마루에서 나를 빤히 쳐다보는 다람쥐, 수십 년의 고난과 역경을 이기고 승리한 사람의 얼굴에 번지는 잔잔한 웃음, 젊은 시인의 첫 시집에 들어 있는 좋은 시 한 편, 여름날의 모진 비바람과 여러 차례의 태풍을 견디고 살아남아 노랗게 익어가는 모과의 성숙한 얼굴빛, 내가 없는 사이에 내 사이버 공간을 찾아와 아름다운 음악과 가슴 저미는 글을 남기고 간 이름을 알 수 없는 사람의 발자취, 눈 내린 날 새벽 마당에 찍혀 있는 고라니 발자국, 소나기 내리다 그친 숲의 싱그러운 초록, 종신서원을 마치고 나오며 활짝 웃는 수녀님의 환한 얼굴, 밤하늘 너른 마당을 바람이 서늘하게 씻어놓은 뒤 별이란 별 모두 나와 와자한 날, 메밀밭처럼 하얗게 깔린 별들을 바라보면서 깊어가는 가을밤 풀벌레들이 연주하는 교향악……

이 모든 것이 또한 우리의 마음을 기쁘게 하는 것입니다.

지고 싶은 날이 있습니다

음악이 너무 가슴에 사무쳐 볼륨을 최대한 높여놓고 그 음악에 무릎 꿇고 싶은 날이 있습니다. 내 영혼의 깃발 위에 백기를 달아 노래 앞에 투항하고 싶은 날이 있습니다. 음악에 항복을 하고 처분만 기다리고 싶은 저녁이 있습니다.

지고 싶은 날이 있습니다. 어떻게든 지지 않으려고 너무 발버둥 치며 살아왔습니다. 너무 긴장하며 살아왔습니다. 지는 날도 있어야 합니다. 비굴하지 않게 살아야 하지만 너무 지지 않으려고만 하다보니 사랑하는 사람, 가까운 사람, 제 피붙이한테도 지지 않으려고 하며 삽니다. 지면 좀 어떻습니까. 사람 사는 일이 이겼다 졌다 하면서 사는 건데 절대로 지면 안 된다는 강박이 우리를 붙들고 있은 지 오래되었습니다. 그 강박에서 나를 풀어주고 싶습니다.

폭력이 아니라 사랑에 지고 싶습니다. 권력이 아니라 음악에 지고 싶습니다. 돈이 아니라 눈물나게 아름다운 풍경에 무릎 꿇고 싶습니다. 선연하게 빛나는 초사흘 달에게 항복하고 싶습니다. 침엽수 사이로 뜨는 초사흘 달, 그 옆을 따르는 별의 무리에 섞여 나도 달의 부하, 별의 졸병이 되어 따라다니고 싶습니다. 낫날같이 푸른 달이 시키는 대로 낙엽송 뒤에 가 줄 서고 싶습니다. 거기서 별들을 따라 밤하늘에 달배, 별배를 띄우고 별에 매달려 아주 천천히 떠나는 여행을 따라가고 싶습니다.

사랑에 압도당하고 싶습니다. 눈이 부시는 사랑, 가슴이 벅차서 거기서 정지해버리는 사랑, 그런 사랑에 무릎 꿇고 싶습니다. 진눈깨비 같은 눈물을 뿌리며 사랑하는 사람을 만나러 가고 싶습니다. 눈발에 포위당하고 싶습니다. 두 손 두 발을 다 들게 하는 눈 속에 갇히고 싶습니다. 허벅지까지 쌓인 눈 속에 고립되어 있고 싶습니다.

나는 그동안 너무 알맞게 익기만을 기다리는 빵이었습니다. 적당한 온도에서 구워지기만을 기다리는 가마 속의 그릇이었습니다. 알맞고 적당한 온도에 길들여진 지 오래되었습니다. 오븐 같은 공간, 가마 같은 세상에 갇힌 지 오래되었습니다.

거기서 벗어나는 날이 있어야 합니다. 산산조각 깨어지는 날도 있어야 합니다. 버림받는 날도 있어야 합니다. 수없이 깨지지 않고, 망치에 얻어맞아 버려지지 않고 어떻게 품격 있는 그릇이 된단 말입니까. 접시 하나도 한계 온도까지 갔다 오고 나서야 온전한 그릇이 됩니다. 나는 거기까지 갔을까요. 도전하는 마음을 슬그머니 버리고 살아온 건 아닌지요. 적당히 얻은 뒤부터는 나를 방어하는 일에만 길들여진 건 아닌지요. 처음 가졌던 마음을 숨겨놓고 살고 있지는 않은지요. 배고프고 막막하던 때 내가 했던 약속을 버린 건 아닌지요. 자꾸 자기를 합리화하려고만 하고 그럴듯하게 변명하는 기술만 늘어가고 있지는 않은지요.

가난한 마음을 잃지 않아야 합니다. 가난했기 때문에 정직하고 순수했던 눈빛을 잃지 않아야 합니다. 적당한 행복의 품에 갇혀 길들여지면서 그것들을 잃어가고 있다면 껍질을 벗어야 합니다. 우리가 가고자 했던 곳이 그 의자, 그 안방이 아니었다면 털고 일어서는 날이 있어야 합니다.

궤도를 벗어나지 않고 어떻게 우주까지 날아갈 수 있습니까. 제목청의 가장 높은 소리를 넘어서지 않고 어떻게 득음할 수 있습니까. 소리의 끝을 넘어가고자 피 터지는 날이 있어야 합니다. 생에 몇 번, 아니 단 한 번만이라도 내 목소리가 폭포를 넘어가는 날이 있어야 합니다.

너무 안전선 안에만 서 있었습니다. 너무 정해진 선 안으로만 걸어왔습니다. 그 안온함에 길들여진 채 안심하던 내 발걸음, 그 안도하는 표정과 웃음을 버리는 날이 하루쯤은 있어야 합니다. 그날 그 자리에 사무치는 음악, 꽁꽁 언 별들이 함께 있으면 좋겠습니다.

꽃그늘

뒤뜰에 산벚꽃, 앞산에 산벚꽃, 산벚꽃 피어서 화사한 날은 마음도 꽃잎처럼 흩날립니다. 낭창낭창하게 휘어지는 꽃가지에 마음의 겉옷을 벗어 걸어놓고 누구랑 연애라도 하고 싶습니다. 바람의 손에 이끌려 이 나무 저 나무 꽃그늘로 옮겨다니는 이 마음이 이미 바람입니다. 자두나무꽃 하얗게 피어 척척 늘어지는 다디단 향기가 내 몸을 칭칭 감는 것 같습니다. 하나, 둘, 셋, 넷, 다섯, 다섯까지 세다가 다섯 잎의 하얀 꽃잎이 동그랗게 모여 피워내는 자두꽃 향기에 취해 저절로 눈이 감깁니다. 아직 피어나지 않은 꽃봉오리에 입술을 대어 봅니다. 촉촉한 자두꽃 젖꼭지에 닿은 제 입술이 파르르 떨립니다.

산벚나무꽃은 제 향기에 취했는지 제가 만든 꽃그늘에 취했는지 새로 돋아난 어린 이파리의 목까지 벌겋게 상기되어 있는 게 보입니다. 산벚나무 꽃가지를 잡고 얼굴을 가까이 대니 볼과 콧등과 입술을 스치는 꽃잎의 손길이 간지럽습니다. 꽃잎도 내가 느끼는 이 짜릿한 감정을 같이 느끼고 있을까요. 꽃 속에서 잉잉대는 벌과 벌레들 날갯짓하는 소리에 섞여 나도 꽃의 속살에 코를 박습니다. 가슴에서 꿀벌 잉잉대는 소리가 납니다.

산벚나무 꽃을 가슴에 안아봅니다. 그러나 팔 안에 담기는 향기의 적막한 공간. 아름다움과 향기로움의 가운데는 비어 있습니다. 내가 사랑할 수 있는 꽃과의 거리는 여기까지인가봅니다. 주체할 수 없는 아름다움에서 한 걸음 더 나아가 꽃을 사랑하는 동안 꽃잎은 찢어져 뭉개지고 꽃가지는 꺾인 채 내 손에 들려 있게 되겠지요. 꽃을 사랑하여 꽃이 제 깊은 곳에서 내어준 꿀까지 가져가되 꽃은 털 끝 하나 다치지 않게 하는 벌처럼 사랑하고 싶습니다. 나비처럼 사랑하고 싶습니다. 꽃은 꽃대로 향기롭고 나비는 나비대로 아름다운 사랑, 혼자 있어도 아름답고 함께 있어도 아름다운 사랑, 그런 사랑을 하고 싶습니다.

내 앞에 만개한 산벚나무꽃, 산벚나무꽃 앞에 혼자 있는 나. 그리고 화사함으로 사방을 가득 채운 빛과 텅 빈 고요. 이것도 색즉공色卽空은 아닐까 생각하다 한 편의 시를 떠올립니다.

벚꽃 그늘 아래 한 며칠

두근거리는 생애를 벗어놓아보렴

그리움도 서러움도 벗어놓고

사랑도 미움도 벗어놓고

바람처럼 잘 씻긴 알몸으로 앉아보렴

더 걸어야 닿는 집도

더 부서져야 완성되는 하루도

동전처럼 초조한 생각도

늘 가볍기만 한 적금통장도 벗어놓고

벚꽃 그늘처럼 청청하게 앉아보렴

　　　　　　　—이기철,「벚꽃그늘에 앉아보렴」중에서

　두근거리는 나를 들킨 듯도 싶습니다. 두근거림을, 두근거리며
살아가는 생을 벗어놓아보라고 시인은 말합니다. 그것은 곧 그리움
과 사랑을 벗어놓는 길이요 서러움도 미움도 벗어놓는 길이기 때문
입니다. 그걸 벗을 수 있어야 진정으로 알몸이라고 말합니다. 집에
이르기 위해서, 완성을 이루기 위해서 지치도록 걸어야 하는 생의
길, 부서져야 하는 삶, 거기서 오는 초조함과 적금통장까지 다 벗을
수 있어야 비로소 알몸이라고 합니다. 알몸의 정신으로 청정해져보
라고 합니다. 벚꽃 그늘에서 다만 사랑의 두근거림으로 출렁거리지
말고 알몸으로 청정해져보라고 합니다.

　아름다움을 아름다움으로 느낄 줄 모르면 그는 이미 죽은 사람입

니다. 그러나 아름다움을 아름다움 이상으로 끌어올려 아름다워진 마음을 선한 마음으로 바꿀 줄 알 때 사랑은 더욱 깊어집니다. 텅 비워 청정해진 공간에 선함과 다디단 향기가 채우는 진공묘유眞空妙有의 봄기운. 거기서 비로소 공즉색空卽色입니다.

천지 가득한 아름다움으로 인해 아름다워진 마음이 착한 마음으로 옮아가는 일이 어찌 쉽게 이루어지겠습니까. 그러나 그걸 깨달아 알고 소리 없이 웃는 이를 위해 꽃비가 내리는 거라고 말합니다. 우화동지雨華動地. 헤아릴 수 없는 꽃비가 하늘에서 내리고 그로 인해 땅이 흔들리면서 크게 깨달은 이를 찬탄했다는 그 꽃비가 내립니다. 그런 깨달음에는 이르지 못한다 해도 아름다움이 우리 마음을 녹여 천천히 선한 마음으로 돌아가게 되기를 바랍니다.

그러나 저는 지금 조팝나무 진한 향기 아래 누워 있습니다. 앵두꽃 복숭아꽃 산벚나무꽃 환장하게 아름다운 꽃그늘 아래 혼자 누워 있습니다.

외롭지 않아요?

"외롭지 않아요?"

"고요해요."

"평온하겠네요?"

"조금은 쓸쓸해요."

나무와 나는 이런 말을 주고받으며 서 있습니다. 시골로 내려와 혼자 지내는 동안 봄이, 여름이, 가을이 골짜기를 스쳐 지나가고 이제 겨울 끄트머리에 와 있습니다.

처음 이 숲에 들어와서 나무를 만났을 때 나는 "오랜 날 그대도 혼자였군요" 그렇게 인사말을 건넸습니다. 나무는 대답 대신 나뭇가지로 허공을 톡톡 건드리고 있었습니다.

"사람의 숲에 살면서 나도 오랜 날 혼자였어요."

"알고 있어요."

"나를 한 번만 따뜻하게 안아줄래요."

"당신이 먼저 한 발짝만 제게로 오세요."

"우린 너무 오래 외로운 혼자였어요."

나무를 꼭 끌어안고 나는 나무에게 그렇게 말했습니다. 우리 모두는 저마다 외로운 하나의 개체로 살고 있지요. 그렇게 만나 나무와 나는 함께 푸르렀다가 무성하였다가 다시 그동안 쌓은 것을 하나씩 버리고 처음처럼 빈 몸이 되어 겨울을 견디고 있습니다.

오늘 아침엔 한글 정자체 쓰기를 하였습니다. 한글 쓰기 교본을 사다가 '가' 자부터 천천히 공들여 쓰기 시작했습니다. 이 나이에 이 무슨 퇴행적인 짓이냐고 하는 사람도 있을 것입니다. 겨울 아침 글자 하나하나를 반듯하게 다시 쓰는 일부터 하고자 하는 건 다른 뜻이 있어서가 아닙니다.

그동안 정신없이 살아오면서 잃어버린 기본에 대해 다시 생각하고 싶어서입니다. 난필이 습관이 되어버린 것처럼 삶에도 어지러운 습관이 되어버린 것이 많습니다. 난필로 어지럽게 남긴 글씨들에 대한 부끄러움을 지닌 채 쫓기며 살지 말고 지금부터라도 반듯하게 생각하고 쓰고 하자는 생각도 했습니다.

올해부터는 저도 안정된 생활이 보장되는 편안한 직장을 내놓고 다시 들판을 누비며 살아가는 생활을 해야 합니다. 다시 홀로 서야 하는 생활을 시작하기 전에 저는 하루에 다만 한 시간 반 시간씩이라도 한글 쓰기를 하고자 합니다.

연필을 놓고 나와 뜰을 거니는데 나무가 느릿느릿 말을 건넵니다.

"외로우면 홀로 서지 마세요."

"왜요?"

"자신 있을 때 홀로 서세요. 홀로 튼튼하지 못하면 나무도 되지 못하고 숲도 이루지 못해요. 지금 외로우세요?"

"……"

소풍

밤나무 연두색 잎이 돋아오르고 아침부터 뻐꾸기가 웁니다. 바람이 커다란 옷감을 펼쳐 나무들의 푸른 이파리를 흔들어 깨우며 산을 넘는 게 보입니다. 골짜기마다 군데군데 모여 서 있는 침엽수의 짙은 녹색 사이로 자라오르는 연두색 활엽수 잎들, 그리고 연회색 이파리를 일제히 뒤집으며 햇빛을 털어내는 나무들의 군무가 장관입니다.

하늘이 티 하나 없이 파랗고 햇살 밝은 오월 아침. 아이들 손잡고 소풍을 가고 싶습니다. 칙칙한 교복은 모두 벗어버리고, 저마다 편안한 옷으로 갈아입고, 조금씩 멋도 부려보고, 챙이 있는 모자도 하나씩 쓰고, 입이 찢어지게 웃고 떠들며 교문을 나서고 싶습니다. 길가에는 민들레 하얀 씨앗이 동그란 보석처럼 맺혀 있고 저게 애기

똥풀이다 아니다 떠들며 걸어가고 싶습니다.

차 온다고 줄 좀 맞추라고, 여러 명씩 손잡고 걷지 말고 길 가장자리로 둘씩 걸어가라고 하다가, 나도 슬그머니 아이들 손을 잡고 걸어가고 싶습니다. 보리는 쑥쑥 자라오르고 사과꽃은 하얗게 핀 길을 걸어서, 걸어서 봄소풍을 가고 싶습니다. 별것도 아닌 이야기를 하며 까르르 웃어대는 맑은 웃음소리에 섞여 봄길을 걸어가고 싶습니다.

빈터에 자리를 깔고 앉아 김밥도 나누어 먹고, "선생님 이거 엄마가 갖다드리래요" 가방에 지고 온 고구마 몇 개를 내 앞에 밀어놓고는 쏜살같이 달아나는 아이, 그 옆에 놓여 있는 담배 두 갑이 든 봉투, 그리고 사이다 한 병, 그 옆에 반장 엄마가 싸다 준 김밥, 이런 것들을 쳐다보며 낮술 딱 두어 잔만 하고 싶습니다.

보물찾기는 촌스럽고 노래자랑도 시시하지만 아이들 손에 끌려가 반강제로 노래 한 자락 하다가 민망한 스냅 사진도 여기저기서 찍히고 평소에 교실에서는 전혀 몰랐던 아이들의 숨은 장기에 놀라 눈이 동그래지고 싶습니다.

오후에 학교에 돌아와서도 다사로운 햇살이 좋아 집에 들어가기는 싫고 공연히 밍그적거리다 다가와 "선생님 쓰레기 다 치웠는데

요, 우리 맛있는 것 좀 사주시면 안 돼요?" 몸을 비비꼬며 말을 꺼내는 미란이를 보고 옆에 있던 애들도 박수를 치고 소리를 지르는 오후의 빈 운동장. 내가 웃기만 하고 대답이 없자,

"선생님, 그냥 두 글자로 된 거요."

내가 오뎅, 튀김, 라면, 김밥, 만두…… 이런 두 글자들을 떠올리다 "그래, 좋다. 사줄게" 대답을 하고 학교 근처 식당으로 몰려갔는데 문을 들어서며 큰 소리로 음식을 주문하는 미란이의 목소리.

"아줌마, 우리 탕슉!"

바로 터져나오는 아이들의 웃음소리와 쏟아지는 인사.

"고맙습니다, 선생님. 잘 먹을게요."

그런 왁자지껄함에 싸여 한 번만 더 아이들에게 속아넘어가고 싶습니다.

아니, 할 수만 있다면 오월에는 교생이 되어 여학교 교실 문을 들어서고 싶습니다. 어제 산 새 양복을 입고 처음 만나는 학생들 앞에서 설레며 서 있고 싶습니다. 무슨 그럴듯한 이야기를 해야 하나 밤새 궁리하다 정작 교실에서는 자꾸만 말을 더듬고 철학적인 이야기를 열심히 했는데 교과와 관련이 없어 지도 교사에게 지적받고 싶습니다. 눈을 동그랗게 뜨고 턱을 고인 채 나를 쳐다보는 아이에게 자꾸만 눈이 가고 그러다 시선을 둘 곳이 없어 창밖을 내다보고 싶습니다. 그 예쁜 아이들에게 시를 가르치는 풋내기 교생이 되고 싶습니다. 선생님들은 나를 이해하지 못해도 아이들은 내 편일 거라고

굳게 믿는 1개월짜리 교생이 되고 싶습니다.

며칠 전에는 20여 년 전에 가르친 제자에게서 메일이 왔습니다. 결혼했다가 혼자가 되었지만 대학원 진학하여 공부도 시작했고 세 살 어린 남자친구도 생겼다고 했습니다. 다른 친구들 소식도 소상하게 전해왔습니다. 누구는 3학년, 5학년 아이 둘 키우기에 바쁘고, 누구는 전화만 하면 아들 자랑이고, 또 누구는 대학 선생이 되었다는 소식을 전해주었습니다.

제자들에게서 오는 소식은 언제나 반갑습니다. 세월을 건너뛰어 금방 다시 열 몇 살짜리 소녀와 초년 교사 시절로 돌아갑니다. 흉도 같이 보고 같은 편이 되어 힘내라고 격려도 해줍니다. 일마다 다 잘되었다고 하고, 잘될 거라고 합니다.

그러다가 소식이 끊어진 제자 생각에 서운해지곤 합니다. 학교 다닐 때 얼마나 가깝게 지냈는데 어떻게 이렇게 소식 한번 전하지 않을까 생각하며 섭섭해집니다. 그러다가 혹시 내가 그 애를 실망스럽게 한 일은 없었을까 하는 생각을 합니다. 나는 기억하지 못하는데 그 애가 매우 섭섭하게 느낀 일이 있어 천천히 마음을 거두어버린 것은 아닐까. 가까이 있다면 묻고 싶은데 그럴 수도 없고 서로 사는 게 바빠서 연락도 자주 하지 못하고 그러다가 그만 나중에는 연락하기도 미안해서 영영 소식을 끊고 지내는 것처럼 되어버린 것은 아닐까 그런 생각을 합니다.

그런 생각을 하다 하늘을 올려다봅니다. 하늘은 푸르고 추녀 끝에는 양철 물고기가 몸을 흔들어 제 몸으로 저를 때리며 풍경이 웁니다. 풍경 소리 아래 나 혼자 앉아 있습니다. 아직도 뻐꾸기 울고 그 소리 혼자 듣고 있습니다. 공연히 슬퍼져서 바람에 흔들리는 나뭇잎만 바라봅니다. 눈을 감으면 더 생각이 날 것 같아서 눈을 뜨고 앉아 나뭇잎 바라봅니다.

청안한 삶

　애기똥풀꽃이 노랗게 피었습니다. 지천으로 피었습니다. 가장 늦게 잎이 나오는 대추나무도 이파리를 쏘옥쏘옥 내밀었으니 모든 나무가 다 푸르게 뻗어오르는 오월입니다. 녹음 속에서 진종일 새들이 웁니다. 새들의 우짖는 소리를 들으며 꽃창포가 활짝 몸을 열고 서 있습니다.

　오늘도 여여합니다. 이 말을 하기가 참 송구스럽기는 하지만, 그렇습니다. 여여합니다.

　제 집에 오는 사람들은 늘 이렇게 묻습니다.

　"여기서 하루 종일 뭐 하고 지내세요?"

　저는 대답합니다.

　"그냥 지냅니다. 백수가 뭐 특별히 할 일이 있나요."

"백수요? 아니 글쓰시잖아요?"

"네, 뭐 글도 쓰고 그러지요."

"심심하지 않으세요?"

"심심하지요."

"심심하면 어떻게 하세요?"

"심심한 대로 그냥 지내요."

그러면 재미가 없어서인지, 실망스러워서인지, 기대한 말이 나오지 않아서 그러는지 물음을 던진 사람도 피식 웃습니다.

"외롭지는 않으세요?"

"외롭지요."

"그럼 어떡해요?"

"외로운 대로 지내지요. 살면서 외로운 시간도 필요해요. 저는 이런 고적한 시간이 내게 온 게 얼마나 고마운지 몰라요. 이렇게 혼자 있을 수 있는 시간을 갖게 된 것도 복 받은 거지요."

그러면 그 사람은 또 피식 웃습니다. 이 웃음은 아까 웃은 웃음과는 다른 것도 같습니다. 조금은 수긍을 하는 듯한 웃음입니다.

오늘은 아침부터 물이 나오지 않아 애를 먹었습니다. 전기는 이상 없고 물 저장 탱크를 점검해보아도 이상이 없는데 물은 한 방울도 나오지 않았습니다. 물을 끌어올리는 모터에 이상이 생긴 게 아닌가 싶습니다. 오전 내내 혼자 고쳐보려고 오르내리다 안 되어 그만 포기하고 말았습니다. 설비회사에 전화를 걸었더니 오후 늦게나

올 수 있을 것 같다고 합니다.

물이 나오지 않으니 밥도 지을 수 없고 끼니를 해결할 길이 없어 궁리를 하다가 며칠 전에 부추밭에서 부추를 뜯어다 부추전 만들어 먹고 남은 반죽이 있는 게 눈에 뜨였습니다. 다행히 아직 상하지 않아서 그걸 프라이팬에다 한 국자 떠 얹어 부추전을 하나 부쳐 끼니를 때웠습니다. 프라이팬에 남아 있는 기름을 종이로 닦아내니 점심 설거지할 것도 없습니다.

오늘도 그렇게 단순하게 하루가 가고 있습니다. 조촐하게 봄 한철이 지나가고 있습니다. 우리는 좀 심심할 필요가 있습니다. 우리는 너무 많은 시간 사무실 의자에 앉아 있거나 일터에서 시간을 보내며 힘에 부칠 정도로 많은 양의 일을 하며 살고 있습니다. 동시에 몇 가지씩 일을 하면서 늘 시간이 부족하다고 느끼고 있습니다. 전력투구하여 일을 하고 나서도 시간이 있었으면 더 잘했을 텐데 하는 말을 합니다.

그러나 그런 삶은 소진하는 삶입니다. 있는 걸 모두 다 써버리는 삶입니다. 바닥까지 긁어내 탕진하는 삶입니다. 정신도 에너지도 아이디어도 체력도 있는 대로 다 써버리고 지쳐 나가떨어지는 삶입니다. 채우는 시간이 있어야 합니다. 새로운 육체적 에너지와 정신적인 힘이 고이도록 기다리는 시간이 있어야 합니다. 채워지기도 전에

닥닥 긁어 써버리는 삶에서 벗어나야 합니다.

공작산 수타사로

물미나리나 보러 갈까

패랭이꽃 보러 갈까

구죽죽 비는 오시는 날

수타사 요사채 아랫목으로

젖은 발 말리러 갈까

들창 너머 먼산이나 종일 보러 갈까

오늘도 어제도 그제도 비 오시는 날

늘어진 물푸레 곁에서 함박꽃이나 한참 보다가

늙은 부처님께 절도 두어 자리 해바치고

심심하면

그래도 심심하면

없는 작은며느리라도 불러 민화투나 칠까

수타사 공양주한테, 네기럴

누룽지나 한 덩어리 얻어먹으러 갈까

긴긴 장마

—김사인, 「장마」 전문

김사인 시인의 시 「장마」입니다. 긴긴 장맛비 속에 갇혀서 참 심심해하는 모습이 그림처럼 떠오릅니다. 심심해서 어쩔 줄 몰라 하는 화자를 보면서 나도 이렇게 보내던 날들이 떠올랐습니다. 들창 너머 먼산이나 종일 보는 화자 옆에 나도 말없이 누워서 빈둥거리고 싶습니다. 물푸레나무 곁에서 함박꽃이나 한참씩 들여다보며 하루를 보내고 싶습니다. 할 일도 없고 찾아오는 사람도 없어 누굴 불러 화투를 칠까, 누구네 집으로 누룽지 얻어먹으러 갈까 이런 궁리나 하면서 내리는 비를 하염없이 바라보고 싶습니다.

글쓴 시간보다 생각한 시간이 더 많고 말로 떠든 시간보다 오래오래 책을 읽은 시간이 몇십 배 더 많던 날들은 절절한 시를 만나곤 했습니다. 그러나 사유한 시간보다 글쓴 시간이 더 많고, 공부한 시간보다 강의한 시간이 더 많으면서는 제대로 된 시를 쓰지 못하였습니다. 한 말 또 하고 한 이야기 또 하면서 밥 벌어먹었습니다.

충분히 사유할 시간 없이 쫓기던 삶에서 잠시 걸음을 멈추고 나를 스쳐지나갔던 시간들을 바라봅니다. 민망한 날들이 많았습니다. 전속력으로 질주하던 삶의 속도를 늦추고 내 삶을 바라봅니다. 내실이 없는 허세와 과장이 많았습니다. 평온한 속도를 만나야 합니다. 평온한 속도로 걸어가야 다시 청안淸安해지는 삶을 만날 수 있습니다. 요즘 저는 청화 스님이 쓰신 이 말을 인사말로 자주 씁니다.

"늘 청안하시길 바랍니다."

청안이란 말이 마음에 듭니다. 맑고 평안해지는 삶. 잠시 비 내린 다음 숲이 더 맑아졌습니다. 그대도 늘 청안하시길 바랍니다.

이 봄에 나는
어디에 있는가

제가 있는 산속에는 봄이 늦게 찾아옵니다. 도시에는 벚꽃이 눈발처럼 진 지 오래인데 산에는 이제 산벚꽃 피어 화사한 꽃그늘을 이루었습니다. 제가 있는 산은 1년 중 이때가 가장 아름답습니다. 산벚꽃 필 때쯤이면 나무란 나무가 다 연둣빛과 연초록의 잎을 내어 연두색 어린잎들과 연분홍 산벚꽃이 뭉게뭉게 모여 이루는 풍경은 아름다운 한 장의 채색화 아닌 곳이 없습니다. 앵두꽃으로 나비들이 흰 날개를 팔랑이며 모여들고 흰 자두나무꽃 피어 다디단 향기가 마당 가득 흘러넘칩니다. 그 향기를 실어 나르는 벌들의 날개 떠는 소리에 여린 꽃잎도 파르르 떨고 그 곁에서 우리도 꽃향기에 취해 스스로 눈이 감깁니다.

벼랑에는 아직 진달래 화사하게 피었는데 산발치 과수원에는 복

사꽃 피고 밭둑에는 조팝나무꽃 흐드러지게 피어 환합니다. 뜨락에는 금단추 같은 민들레가 진노랑빛 불을 밝히고, 마당에는 작은 꽃다지와 봄맞이꽃이 피어 발길을 함부로 내딛지 못하게 합니다. 연못에는 배가 빨간 산개구리들이 모여와 짝짓기를 하느라 분주하고, 붉은빛이 감도는 고동색 수련의 어린잎이 싱싱하게 돋아나고 수련 잎 아래로 도롱뇽 알이 동그랗게 말린 기다란 알주머니 속에서 부쩍부쩍 몸을 키워가고 있습니다.

이 산속에서 맞는 다섯번째의 봄입니다. 처음 이 산에서 봄이 오기를 기다리고 있을 때는 황량하고 스산한 분위기에 압도되어 입을 꽉 다물고 있었습니다. 두번째 봄을 맞을 때는 너무도 혹독한 겨울을 보내고 맞은 봄이라 진달래꽃을 보고는 눈물을 흘렸습니다. 세번째 봄을 맞을 때는 뒤뜰의 산벚나무를 보며 "절망을 하찮게 여기지 않았듯/희망도 무서워할 줄 알"아야 한다고 생각했습니다. 네번째 봄을 맞으면서는 소생의 힘에 대해 생각했고 고마워 봄 햇살에 절했습니다.

이제 또 봄을 맞으며 저는 다시 고요해져야 한다는 생각을 합니다. 몸과 마음의 균형을 다시 찾게 해준 것이 이 산이었습니다. 이 산의 나무들이 내게 보내는 맑은 호흡, 청량한 정신과 따뜻한 온기, 밝은 햇살과 황토의 기운, 그리고 고요함과 평화로움 이런 것이 얼마나 고마운지 모릅니다. 산이 주는 이런 고마운 힘으로 몸도 마음도 다시 건강해질 수 있었습니다. 그러나 그 고마움을 잊고 도시의 답답한 길과 닫힌 사무실을 오가며 세상의 크고 작은 일에 관계하고 있는 동안 마음은 자주 평정을 잃곤 합니다.

퇴계 선생은 "큰 어리석음, 심한 병, 헛된 명성, 그리고 과분한 은혜의 네 가지 번거로움이 제 몸에 모두 모여 있으니 그것들이 간섭하고 모순되어 함께 저를 방해합니다" 이렇게 말씀하신 적이 있습니다. "큰 어리석음을 가지고 헛된 명성을 채우고자 하면 무모한 행동을 하는 것이 되고, 심한 병이 있는 몸으로 과분한 은혜를 감당하고자 한다면 부끄러움을 모르는 것이 됩니다."

이런 선생의 말씀 한마디 한마디가 저에게는 뼈아픈 질책으로 다가옵니다. 저 역시 큰 어리석음에서 벗어나지 못하고 있고, 몸에 병이 들어 있었으며, 헛된 명성에 싸여 살았고, 한 일에 비해 세상으로부터 과분한 은혜를 입었습니다. 그래서 어리석음에서 벗어나지 못한 채 헛된 명성을 채우고자 무모하게 행동하며 살고 있지는 않은지 되돌아보게 됩니다. 제대로 한 일도 없으면서 세상으로부터 과분한 보상을 받고도 고마움을 모르고 살고 있는 건 아닌지 살펴보게 됩니다.

문제는 더 있습니다. 고봉 기대승이 벼슬자리에서 물러나 몇 년을 지내는 동안 퇴계 선생에게 보낸 편지에는 이런 구절이 있습니다. "저는 바탕은 비록 허약하지만 기세는 강하고 거칩니다. 실행은 비록 완성되지 못했지만 이름은 먼저 퍼졌습니다. 무릇 허약한 바탕에 충실한 실행이 없다면 자신을 보존함에 반드시 허술한 구석이 있을 것이며, 강하고 거친 기세로 헛된 이름만 붙들고 있다면 다른 사람을 응대함에 반드시 미진한 것이 있을 것입니다. 이러고 어찌 세상에서 쓰일 만하다고 하겠습니까?"

저 역시 허약한 데가 많으면서 마음만 급하고 어리석음이 많아 거칠기 이를 데 없는 사람입니다. 제대로 이룬 것은 없으면서 이름만 퍼진 사람이기도 합니다. 그러니 얼마나 허술한 데가 많고 부실하겠습니까. 고봉 선생처럼 일가를 이룬 분들도 스스로를 이렇게 평하고 부끄러워하는데 지난날 저는 부끄러운 줄도 모르고 세상의 큰 일을 도모한 날이 많았습니다. 허약한 바탕에 충실한 실행 없이 입으로만 세상을 질타하고 무엇인가를 이룰 수 있을 것처럼 말하곤 했습니다. 그것들 또한 입바른 소리가 아니었는지 돌아보게 됩니다.

다행히 병을 핑계로 조용히 자성하고 독서하며 지낼 수 있는 자리를 갖게 되었는데 이런 고마운 시간을 슬기롭게 쓰지 못하고 또 여기저기 저잣거리로 불려다니며 시간을 허비하고 있으니 금생에서 다시 이런 시간을 못 만나게 되는 건 아닌지 두렵습니다. 고봉 선생이 말씀하신 것처럼 "기질에 익은 얼룩은 지우기 어렵고, 속세의 얽힘은 너무도 무겁습니다. 인연에 따라 응대하는 사이에 자못 번거로움을 느끼게 되니, 병은 날이 갈수록 깊어지고 학문은 날이 갈수록 막힙니다."

그러나 이 산속에서 보내는 모든 시간이 헛되지 않다면, 그리고 산에서 받은 좋은 기운이 그렇게 쉽게 사라지는 것이 아니라면, 나는 내가 되찾은 몸과 마음의 평화를 세상을 평화롭게 만드는 데 나누어주고자 합니다. 매화꽃 따다 꽃차를 마시며 나의 하루가 나 자신을 향기롭게 하는 일에서 그치지 않고 세상에 그 향기를 나누어주고자 합니다. 그리고 그것을 문학에 실어줄 수 있기를 바랍니다.

충청도 지역에서 탁발하고 계시는 도법 스님 일행이 산속 제 집에서 하룻밤 묵어가신 뒤 보내주신 책을 어제 받았습니다. 그 책을 읽다가 "우리 모두 함께 앓아온 인생의 고민은 어떻게 되었는가? 우리 모두 함께 꾸던 인생의 아름다운 꿈은 어디에서 어떻게 실현되었는가? 우리의 꿈은 잡히지 않는 꿈일 뿐 역사가 되지 못했다. 우리의 바람은 공허한 바람일 뿐 삶으로 실현되지 않았다. 거머쥐는 길에선 갈등과 대립의 역사만 물결쳤다" 이런 구절이 있어 연필로 밑줄을 그었습니다.

그렇습니다. 우리가 꾸던 꿈은 역사가 되지 못했습니다. 우리의 바람은 삶으로 실현되지 못했습니다. 그리고 손가락질 받으며 역풍에 흔들리고 있습니다. 우리의 능력 없음을 반성합니다. 우리의 입에 발린 말들을 반성합니다.

이제 복사꽃 지고 나면 사과꽃 배꽃이 핍니다. 튼실한 과일을 지니는 나무들은 화려한 꽃을 피우는 일에 매달리지 않습니다. 모두 소박하고 조촐한 꽃을 피우고는 봄 햇살 아래 조용합니다. 조용하지만 봄볕 아래 충만합니다. 이 봄 우리도 그렇게 충만할 수 있기를 바랍니다.

여기 시계가 있습니다

여기 하나의 시계가 있습니다. 우리는 그 시계를 바라봅니다. '음, 저기 시계가 있구나' 하고 생각합니다. 무심한 마음으로 바라봅니다. 저기 시계가 하나 있다는 사실을 생각할 뿐 그 시계로 인해 특별한 마음의 움직임은 없습니다. 그 시계가 바닥에 떨어졌습니다. 그래도 우리는 '시계가 바닥에 떨어졌구나' 하고 생각합니다. '주인이 떨어뜨렸구나' 하고 생각할 뿐입니다.

그런데 그 시계가 내 시계가 되면 어떻게 달라집니까? 그 시계가 바닥에 떨어지면 "아이쿠, 이걸 어째. 시계가 떨어졌네!" 하면서 속상해합니다. 사물은 조금 전과 똑같은 모습으로 움직였습니다. 그런데 무엇이 달라졌습니까? 내게 근심과 안타까움과 괴로운 마음이 생겼습니다. 무엇이 움직여서 괴로운 마음이 생긴 것입니까. 사물입니까, 내 마음입니까? 내 마음이 어떻게 달라져서 괴로움이 생긴 것입니까? 내 것이라는 생각을 가지면서 생긴 것입니다. 내 것이라고 생각하는 자아 때문입니다. 자아가 집착하는 것이 있기 때문입니다. 문제는 바로 자아입니다.

달라이라마의 말씀입니다. 특집 방송을 통해 달라이라마의 설법을 듣다가 참 귀하고 중요한 가르침이라는 생각을 했습니다. 달라이라마는 우리가 벗어나야 할 것이 무엇인지를 아주 쉬운 비유를 들어 말씀해주시고 있었습니다. 문제는 사물이나 현상에 있는 것만이 아니라 그것을 바라보고 생각하고 느끼고 판단하는 자아에 있다는 것입니다. 바로 그 자아를 다스리는 일을 어떻게 할 것인가 하는 것이 과제인데 그 과제를 풀어나가는 일이 곧 수행인 것입니다.

내가 집착하고 있는 것, 그것이 내 삶의 중요한 목표요 이유이기도 하지만 고통의 원인도 거기에 있습니다. 내가 벗어나야 할 것도 바로 그 안에 있습니다. 영원히 내 것은 없습니다. 어느 일정한 시기 동안만 내가 맡고 있는 것입니다. 그리고 그것은 다른 사람의 것이기도 합니다. 재물도 내게 왔다가는 흘러온 길을 따라 언젠가는 흘러 내려갑니다. 그게 순리입니다. 이름을 얻기도 하지만 다른 사람의 이름에 묻혀 천천히 지워지기도 합니다. 그게 자연스러운 일입니다. 내가 지금 아무것도 손에 쥐고 있는 게 없다면 물이 흘러 빈자리에 고이듯 내게도 흘러와 고이는 게 있을 것입니다. 그리고 또 더 낮

은 곳으로 흘러갈 것입니다. 사람의 삶의 이치도 자연의 이치에서
크게 벗어나지 않습니다.

　내 자식이다, 내 자리다, 내 재산이다 하여 매달리지만 천지만물
의 모든 주인은 내가 아닙니다. 내 자식이라서 집착하고 괴로워하고
거기에서 번뇌가 끝없이 샘솟지만 생각해보십시오. 나는 내 부모의
소유물이라고 생각하지 않으면서 내 자식은 내 소유라고 생각하고
있지는 않습니까. 나는 내 아내의 것이라고 전혀 생각지 않으면서
아내는 내 것이라고 생각합니다. 자식은 자식의 것이고 아내는 아내
의 것이며 나무는 나무의 것입니다. 각자가 자기 삶의 주인입니다.
그리고 그 모든 것들의 큰 주인이 우주 안에 있는 것입니다. 다만 우
리가 지금 그것들과 함께 소중한 인연을 맺으며 살아가고 있는 것
입니다.

　내 것이라는 그 생각을 벗는 일을 득도하는 일이라고 합니다. 자
아가 집착하고 있는 것을 벗는 것, 그래서 무아가 되는 것, 그것을
해탈이라고 합니다. 제법무아諸法無我 라고 했습니다. "야훼께서 주셨
던 것, 야훼께서 도로 가져가시니" 수천 마리의 가축을 약탈당하고
일꾼들이 모두 죽임을 당했다는 소식을 듣고 욥은 이렇게 말했습니
다. 자신마저 심한 병이 들었는데도 "우리가 하느님에게서 좋은 것
을 받았는데 나쁜 것이라 하여 어찌 거절할 수 있단 말이오?" 아내
에게 말하는 이 생각이 결국 욥을 구원합니다. 우리가 그렇게 달라

고 매달리던 분, 주시는 분도 그분이라면 거두어가시는 분도 그분이라고 생각하며 모든 걸 맡길 때 영원한 것을 얻습니다.

그리고 그렇게 깨닫는 한순간으로 그치지 말고 그동안 살면서 내 몸에 밴 습기習氣, 이미 오랫동안 습관이 되어버린 것까지를 수행을 통해 버리게 되었을 때 부처가 되는 것이라고 합니다. 거기까지는 못 가더라도 우리가 할 수 있는 것들이 있습니다. 깨닫는 길은 순간에도 가능합니다. 앞산에서 뒷산까지 차가운 하늘이 참으로 파랗게 펼쳐진 날입니다. 티 하나 없는 하늘을 올려다보며 영아靈我가 되지 못한 자아自我를 꺼내 하늘의 차고 푸른 물살에 담가 흔듭니다.

사람도 저마다 별입니다

유리창 밑에서 잠을 자려고 이불과 요를 들어 옮기노라면 기분이 좋아집니다. 음력으로 하순을 넘기면서 점점 그믐에 가까워져가면 저녁에 달이 안 뜨기 때문에 밤하늘에는 별만 총총합니다. 내가 잠을 자려고 이불을 펴는 곳은 한쪽 벽 전부가 곡면 유리로 되어 있습니다. 불을 끄고 누우면 머리 위에서 발끝까지 별이 가득합니다. 주위에 집도 없고 가로등이나 신호등 같은 것도 없습니다. 오직 별빛만 반짝입니다. 이렇게 깊은 산속에 누워서 별을 바라보며 잠잘 수 있다는 것이 얼마나 복 받은 일인지요. 내겐 너무나 과분한 축복입니다. 다른 사람들에게도 이 별을 보여주었으면 좋겠습니다. 혼자 보기엔 너무 아깝고 미안하다는 생각이 듭니다.

별은 저마다 중심입니다. 몇 개의 별들이 모여 저마다 귀여운 짐승이 되기도 하고 물고기나 삼각형이 되기도 하며 아름다운 처녀나 천년을 이어오는 신화의 주인공이 되기도 합니다. 그 별들은 일정한 물결을 따라 흘러갑니다. 저마다 배가 되어 밤하늘을 저어갑니다. 노도 없고 닻도 없지만 나란히 서쪽으로 흘러가는 게 보입니다. 잠자리에 들었을 때 건넛산 위에 다정하게 손을 잡고 떠 있던 삼형제 별이 자다 깨보면 하늘 중턱에까지 옮겨와 있고 새벽이면 추녀 끝을 넘어갑니다.

그런데 그 별들이 대장 별의 지휘를 받으며 일사불란하게 항해를 하는 것 같지는 않습니다. 그저 몇 개씩의 별들이 모여 손에 손을 잡고 편안하게 자기들끼리 여행을 가는 것처럼 느껴집니다. 페가수스는 자기가 동쪽 하늘의 중심이고 안드로메다는 안드로메다대로 물병자리는 물병자리대로 염소자리는 염소자리대로 자기가 하늘의 중심입니다. 저마다 다 중심을 이루고 있습니다. 그것들이 모여 별밭을 이루고 은하를 이룹니다. 나는 그런 별들의 나라가 좋습니다. 밤이 점점 깊어지고 깊은 밤의 정점에서 날이 바뀌고 별들도 많이 배를 저어갔다 싶으면 그때쯤 그믐달이 모습을 드러냅니다. 잘 다듬어진 고운 눈썹 같은 그믐달, 그 달을 말없이 호위하며 몇 발짝 뒤에서 따라오는 북두칠성, 그들은 어둑새벽이 오면서 별들이 미명의 수평선을 무사히 다 넘어가는지 지켜봅니다. 그리고 북두칠성까지 하늘의 수평선을 다 넘어가면 그믐달 혼자 서늘해진 새벽하늘을 지킵니다. 아침 해가 뜨기 전까지의 몇 시간 새벽하늘의 중심은 은빛 달입니다. 해가 뜬 뒤에도 얼마쯤은 더 자리를 지키다 소리 없이 몸을 감춥니다.

우리가 사는 세상도 저마다 자기들이 중심인 세상으로 바뀌어가고 있습니다. 힘있는 지도자를 중심으로 일사불란하게 움직이던 기억이 아직도 생생한데 자세히 들여다보면 이제 중심은 여러 개로 나뉘어져 있습니다. 눈에 보이는 큰 권력도 그렇게 나뉘어 있지만 우리 생활의 여러 부분도 크고 작은 별자리들이 모여 그물코를 이루고 있는 모습입니다. 온라인과 오프라인에서 마음이 같은 사람들이 모임을 이루고 취향이 같은 사람이 모이고 색깔이 비슷한 사람끼리 모여 네트워크를 형성하고 있습니다.

한 사람이 여러 갈래로 연결되어 있기도 하고 크고 작은 사람들의 동네가 모여 태양계가 되고 은하계가 되어 있습니다. 집중화가 잘 되지 않고 통일성도 떨어지며 개인화 파편화되어간다고 걱정하는 소리가 들리고, 그게 사실이기도 하지만 좋은 점도 많습니다. 전체의 작은 부품에 지나지 않고 뛰어난 능력을 가진 사람 밑에서 늘 조역으로밖에 서 있지 못하던 사람들이 다 저마다 자기 삶의 주인공이 되어가는 모습이 우선 좋습니다. 영웅만 주목받고 나머지 인물들은 영웅을 위해 말없이 희생해야 하던 시대가 아니라 저마다 별이 되어 자기 역할과 자기 이름을 소중히 여기는 시대로 바뀐다면 그것도 좋은 일입니다.

나도 오랫동안 변두리의 삶을 살아온 사람입니다. 실용적인 관점에서 보면 나는 참 인생이 안 풀리는 사람입니다. 그림을 그리고 싶었지만 그 길로 갈 수 없었고, 공부를 하고 싶었지만 어려서부터 경제적인 어려움 때문에 제대로 하지 못했습니다. 성적에 맞추어 진학을 한 게 아니라 가정 환경을 따라 지방으로 학교를 옮겨다녔으며, 어렵사리 박사과정을 마치던 해에 감옥에 끌려가야 했고, 대학에서 겸임교수를 하고 있는데 중학교로 복직 발령을 받았습니다. 사랑은 불행한 결말로 끝이 나고, 일생에 단 한 번 많은 돈을 벌 수 있는 기회가 왔는데 그걸 버리고 돈 안 되는 길을 선택하였으며, 권력이 내미는 손길을 잡지 않았습니다.

나라고 왜 중심으로 들어가고 싶지 않았겠습니까. 그러나 나는 변두리를 선택했습니다. 내가 서 있는 곳을 먼저 사람답게 살 수 있는 곳으로 바꾸는 일이 중심으로 들어가는 일 못지않게 중요하다고 생각했습니다. 그래서 내세울 만한 이렇다 할 학벌도 경력도 가지지 못했습니다. 그러나 나는 그런 모든 운명 앞에서 나를 포기하거나 자학하지 않았습니다. 그것이 불운이든 불행이든 절망이든 모두 시와 문학으로 바꾸었습니다. 그리고 내가 있는 곳이 내 삶의 중심이면 된다고 생각했습니다. 그래서 어느 곳에 가서 문학 강연을 하든 어디에 글을 발표하든 나 자신을 소개할 때 내가 변두리 사람임을 한 번도 숨기지 않았습니다. 내가 있는 곳이 어디든 그곳이 중심이라고 생각했습니다. 지금 내가 잠자는 이 적막한 첩첩산중도 우주의 중심입니다.

오랫동안 중심에 자리잡고 있는 사람은 지금까지 누렸던 힘과 권위를 조금 내려놓고 이름 없는 존재로 물러나 있던 사람들의 목소리가 더 반영되고, 그렇게 조금씩 평등을 향해 나아가야 합니다. 그리하여 나만 소중한 게 아니라 내 옆에 있는 사람, 내가 만나는 사람이 다 나처럼 소중한 사람이라는 걸 알게 되는 세상이 왔으면 좋겠습니다. 사람을 수단으로 여기지 말고, 사람을 내 욕심을 채우기 위한 도구로 생각하지 않고, 사람이 가장 크고 값진 재산이라는 걸 잊지 않았으면 좋겠습니다. 이 세상의 모든 일들이 다 사람과 사람이 모여서 하는 일이고 사람을 잃으면 가장 큰 것을 잃는 것이란 걸 늘 기억하며 살았으면 좋겠습니다.

사람은 저마다 별입니다. 별에 붙인 학벌, 출신, 지역, 성별, 재산, 지위로 별을 평가하지 말아야 합니다. 그 자체로 소중한 줄 알아야 합니다. 능력과 사람됨은 볼 줄 모르고 겉에 드러나는 헛된 이름표와 계급장과 외피로 사람을 판단하는 어리석음에서 벗어나야 합니다. 왕별 하나만 반짝이는 밤하늘보다 살아 있는 모든 별이 다 반짝이며 빛나는 하늘이 더 아름답습니다. 큰 별도 있고 작은 별도 있으며 눈에 금방 뜨이는 별도 있고 희미한 별도 있지만 그런 별들이 모여 은하를 이룹니다. 오늘밤도 하늘은 아름다운 별밭입니다.

산도 보고 물도 보는 삶

나는 운이 잘 따라주지 않는 사람이라고 생각하십니까? 불운해서 불행하다고 생각하십니까? 그때 아버지가 그렇게 되지 않았다면, 내가 학교를 그곳으로 가지 않았다면, 내가 하필 그 사람을 만나지 않았다면, 누군가 나를 조금만 도와주는 사람이 있었다면, 나를 한 번만 더 질책하고 붙잡아 주었더라면, 우리가 그렇게 가난하지 않았다면, 내가 그때 아프지 않았다면, 그 친구가 아니었다면 내 인생은 이렇게 되진 않았을 것이다, 그런 생각이 들 때가 있는지요.

실제로 그 일이 당신의 인생을 지금의 방향으로 바꾸어놓는 데 결정적인 계기가 되었을 수도 있습니다. 그것 때문에 당신의 인생이 많이 힘들었고, 지금처럼 고단한 길을 걸어오게 되었을 수도 있습니다.

다른 사람의 인생과 비교를 하면 더 속이 상할 때도 있습니다. 나보다 일찍 산 정상에 오른 사람이 왜 부럽지 않겠습니까. 한꺼번에 많은 것을 얻은 사람을 보면 어찌 그렇게 되고 싶지 않겠습니까. 나보다 조금 더 잘생긴 사람을 보아도 부러운데 많은 걸 더 가진 사람을 보면 어찌 선망하지 않을 수 있겠습니까. 차를 타고 가다 빈자리가 많으면 조금 더 전망이 좋아 보이는 자리, 좀더 편해 보이는 자리를 찾아 여기저기 옮겨다니는 게 사람의 심리인데 어찌 좋은 자리에 앉은 사람이 되고 싶지 않겠습니까.

그러나 자꾸 올려다보며 비교하는 마음이 들 때 조금 내려다보며 견주어보면 어떨까요. 물은 낮은 곳을 택하여 가지만 결국은 바다에 이릅니다. 낮은 곳으로만 흐르는 삶을 선택했지만 물은 강을 이루어 면면하고 유장하게 흘러갑니다. 높은 곳에 있는 산도 험한 골짜기 가파른 능선을 지닌 산일수록 더 아름답습니다.

세계가 만일 100명의 사람으로 이루어진 마을이라면 나는 지금 어떤 위치 어떤 수준의 삶을 살고 있을 거라고 생각하십니까. 아마 다른 사람보다 많이 배우지 못하고 가진 것도 많지 않아 행복하지 않다고 생각하실 겁니다. 내 삶은 하위권에 속할 게 분명하다고 생각하는 분들도 많을 겁니다.

그러나 세계 인구를 축소시켜 인구 100명의 마을이라고 가정했을 경우 대학 교육을 받은 사람은 한 명이고 컴퓨터를 다룰 줄 아는 사람은 두 명에 불과하다고 합니다. 100명 중에 14명은 글을 읽을 줄 모르고 75명은 적정 수준 이하의 주거 환경에 살고 있으며 1명은 굶어죽기 직전이며 20명은 영양 부족에 걸린 상태라고 합니다.

그럴 리가 있느냐고 의아해하거나 믿을 수 없다고 하는 분도 있을 겁니다. 이 통계는 미국의 환경운동가 도넬라 메이스가 쓴 「세계 마을의 현황 보고」에 나오는 것인데요, '세계가 만일 1000명의 마을이라면'으로 시작하는 이 글은 마을 사람이 1000명이라면 584명은 아시아인, 123명은 아프리카인, 95명은 동서유럽인, 55명은 소련인 등과 같이 더 상세하게 나와 있습니다. 인터넷으로 퍼져 나간 이 글을 일본의 이쿠이나 이사무 선생이 학급 통신으로 보낸 것이 이케다라는 사람에게 전달되어 『세계가 만일 100명의 마을이라면』이라는 제목의 책으로 만들어져 있습니다.

이 책대로라면 좋은 집에 살고, 먹을 게 충분하고, 글을 읽을 수 있다면 아주 선택받은 사람입니다. 거기에다 컴퓨터를 가지고 있다면 굉장한 엘리트입니다. 더 나아가서 만약 전쟁의 위험, 감옥에서의 고독, 고문으로 인한 고뇌, 기아의 괴로움을 겪어보지 않은 사람이라면, 세계 인류의 상위 500만 명 중 한 사람인 셈이라고 합니다. 만약 고통, 체포, 고문, 나아가서 죽음에 대한 공포 없이 매주 교회를 다닐 수 있는 사람이라면, 이 지구상의 30억 인구가 누리지 못하는 것을 누리고 사는 행운아입니다. 냉장고에 먹을 것이 있고, 몸엔 옷을 걸쳤고, 머리 위로는 지붕이 있어 잠잘 곳이 있는 사람이라면, 이 세상 75퍼센트의 사람보다 풍요로운 생활을 하고 있는 것입니다. 만약 부모님 두 분이 모두 살아 계시고, 이혼을 하지 않은 상태라면 미국에서마저도 아주 드문 경우일 것입니다. 만약 고개를 들고 얼굴에 웃음을 띠고 기뻐할 수 있는 사람이라면 축복을 받은 것이라고 합니다.

100명 중의 6명이 전 세계 부의 59퍼센트를 차지하고 있고, 그 6명은 모두 미국인이어서 많이 가진 사람들만 가까이서 쳐다보고 사니까 내가 가지지 못한 것이 많아 보이는 것일 뿐 내가 갖고 있는 평범한 것을 갖지 못한 사람이 세상에는 너무나 많습니다. 냉장고에 오늘 먹을 것이 들어 있고 입을 옷이 있으며 잠잘 곳이 있다는 것이 고마운 일이라는 생각을 해보지 않다가 이 지구촌 구석구석에는 오늘도 지붕이 없는 곳에서 잠을 자거나 굶어 죽어가는 사람들이 있다는 사실을 생각하면 내 삶을 다시 돌아보게 됩니다. 부모님이 살아 계시는 것, 내가 가족의 일원으로 살아 있는 것, 우리 가정이 존재하는 것, 함께 웃을 수 있는 사람이 옆에 있는 것 또한 그렇지 못한 많은 사람이 있다는 것과 비교하면 행복이라는 사실을 깨닫게 됩니다.

가장 평범한 것을 갖고 있지 못한 것이 가장 불행한 것임을 알게 됩니다. 기본적인 생활을 할 수 없는 사람들이 가장 고통받으며 사는 사람들입니다. 가장 보편적인 삶을 살지 못하는 것 그것이 가장 절망적인 삶을 사는 것입니다. 사람다운 삶을 살고 있는 것은 그냥 주어지는 것이 아닙니다. 통계치 하나하나를 비교해보며 내가 지금 어디에 속하는가를 확인하고 안심하게 된다면 내 삶이 불운의 연속이었다는 생각은 속단인 것입니다. 내가 지금 불행하게 살고 있다고 한 것도 내가 가지지 못한 것만을 생각하기 때문에 들었던 생각입니다. 잘 살펴보면 내가 지금 가지고 있는 것도 많습니다. 나를 행복하게 해주는 요소들을 나는 많이 가지고 있습니다. 우리는 나보다 잘된 사람, 나보다 더 많은 것을 가진 사람을 쳐다보며 살지만, 나만큼 가지지 못한 사람, 나보다 더 불행하게 사는 사람도 바라보며 살아야 합니다.

산도 보고 물도 보아야 합니다. 산은 있는 그대로의 모습으로 아름다우며 우리와 함께 있자고 합니다. 물은 우리가 어떻게 우리의 길을 가야 하는지 일러주며 우리 옆을 감돌아 흘러갑니다.

저녁 기도

노을이 하늘 끝에서 붉게 번져옵니다. 오늘도 하루해가 저물었습니다. 작은 새들이 떼지어 푸드득거리며 산딸기나무 하얀 줄기 위를 날아가고 어디선가 은은하게 붉은 저녁 종소리가 들려옵니다. 옷에 묻은 먼지를 툭툭 털다가 문득 이런 저녁 풍경을 어떤 그림에서 본 듯합니다. 그렇습니다. 밀레의 그림 〈만종〉이 떠오릅니다.

그들도 밭에서 일합니다. 저녁 종소리를 들었을 겁니다. 먼 지평선 끝에 교회 지붕과 작은 첨탑이 보입니다. 그 교회의 종소리인 것 같습니다. 그 종소리 위로 몇 마리 새들이 날고 노을이 짙게 물들어 하늘에 가득한 날이었습니다. 밭에서 하루 종일 일을 하던 부부는 종소리가 들리자 그 자리에서 두 손을 모았습니다. 남자는 모자를 벗어서 손에 들고 고개를 숙였습니다. 머리에 하루 종일 모자를 눌러썼던 자국이 푹 들어 가 있는 것으로 보아 방금 벗은 것임을 알 수 있습니다. 여자는 머릿수건을 쓰고 앞치마를 두른 채로 가만히 두 손을 모았습니다. 그저 먼지만 두어 번 털었겠지요. 밭에서 일하는 동안 옷에 묻은 흙먼지를 아직 다 털지 못한 채 그들은 그 모습 그대로 기도합니다. 감자를 캐느라 손에 묻은 흙을 다 털지 못한 채 그 흙 묻은 손을 모아 기도합니다.

나는 그 모습이 아름답습니다. 좀더 일찍 일을 끝내고 새 옷으로 갈아입은 다음에 정결한 모습으로 교회에 나가 기도할 수도 있었겠지요. 그러나 화폭 가득한 들판과 끝없이 펼쳐진 지평선을 보면 그런 바람이 지나친 것임을 금방 알 수 있습니다. 그들이 일구고 노동해야 할 땅은 너무 넓습니다. 그리고 그들이 벗어나야 할 가난도 너무 크고 막막합니다. 나는 오히려 해가 저물도록 일하다가 그 자리에 서서 기도 드리는 모습이 더 아름답게 느껴집니다. 거기에는 삶의 진실이 배어 있습니다. 감자를 캐다 말고 누가 먼저랄 것도 없이 두 손을 모아 기도할 수 있는 것은 두 부부의 삶이 평소에 어떠하였는가를 짐작하게 합니다. 일하던 곳, 그곳이 바로 기도해야 할 곳입니다. 올 한 해도 그렇게 일하던 그 자리에서 기도할 수 있으면 좋겠습니다. 아직 먼지를 다 털지 못한 모습으로, 흙 묻은 손을 다 씻지 못한 모습으로, 그 모습 그대로 기도할 수 있으면 좋겠습니다.

그들은 무슨 기도를 했을까요. 감사의 기도를 먼저 했을 것 같습

니다. 이렇게 노동하며 살 수 있게 해주신 하루에 대해 감사했을 겁니다. 건강하게 일할 수 있는 몸을 주신 것에 감사하고, 남편과 아내가 앞으로도 이렇게 화합하며 화목하게 살 수 있게 도와달라고 했을 것이고, 감자 농사가 잘되도록 해달라고 기도했을 겁니다. 정직하게 땀흘려 일하는 농부들의 곁에 하느님이 함께 계시는 것을 감사했을 것이고, 삶의 평화와 안정과 기쁨이 찾아오게 해달라고 기도했을 것입니다. 거기 서서 많은 욕심을 내거나 가질 수 없는 것을 갖게 해달라고 기도하지 않았을 것 같습니다. 그들 부부처럼 나도 올한 해 감사하는 기도를 먼저 해야겠습니다. 그리고 내가 어디에 있든지 늘 그분이 나와 함께 계신다는 것을 믿으며 의심하지 말아야겠습니다. 그리고 욕심 부리지 말아야겠습니다.

이 두 부부의 발치 가운데 놓여 있는 바구니에는 감자가 가득차 있지 않습니다. 그리고 밭에 아직 다 담지 않은 감자가 흩어져 있습니다. 그들은 바구니를 다 채운 뒤 기도하지 않았습니다. 감자를 바구니에 담고 있을 때 교회의 종소리가 들린 것 같습니다. 하던 일이 남았는데 기도는 무슨 기도냐고 하는 사람도 있을 겁니다. 그러나 이 부부는 감자를 거기 그대로 둔 채 기도합니다. 많은 것을 탐하지 않는 그들의 심성이 거기 그대로 나타나 있습니다. 그들이 오늘 거두어가는 감자는 많지 않습니다. 그러나 그들은 그것으로도 감사하게 생각합니다. 오늘 눈물로 씨 뿌린 것들을 내일 기쁨으로 거두어주시는 날이 반드시 있으리라는 것을 믿는 자세입니다. 나도 매일

매일의 삶에서 내가 거둔 것에 늘 감사하고 만족스럽게 생각하며 하루를 살고 싶습니다. 일한 만큼 거두어가는 삶, 더 많이 쌓아두지 못한 것을 아쉬워하지 않는 삶을 살고 싶습니다. 땀흘려 일하되 검소하게 살고, 만족할 줄 알고, 나눌 줄 알고, 기뻐할 줄 아는 삶을 살고 싶습니다.

어떤 이들의 이야기에 의하면 이 감자 바구니에는 아기의 시체가 들어 있었다고 합니다. 밀레 자신도 창궐하는 콜레라를 피해 바르비종으로 이주해온 것으로 보아 아기는 병에 걸려 죽었거나 아니면 당시 많은 농민들이 빈곤으로 인해 크게 고통받았던 것을 생각하면 가난 때문에 죽었을 수도 있습니다. 처음에 그렸던 그림은 그러니까 죽은 아기를 위해 기도하는 부부였다고 말하기도 합니다. 이 그림을 본 밀레의 친구가 충격을 받고 우려한 나머지 바구니에 죽은 아기를 넣지 말자고 부탁했다고 합니다. 고심 끝에 밀레가 아기 시신 대신 감자를 넣어 그려 출품한 것이라고 합니다. 그게 사실인지 아닌지는 정확히 확인할 수 없지만 이 그림의 이면에 그런 아픈 사연이 있었다는 이야기가 들리고 있습니다.

그게 사실이라면 나는 아기의 죽음을 감자로 바꾼 것은 잘한 것이었다고 생각합니다. 그것은 죽음에 대한 안타까움만으로 한정지어질 수 있는 주제가 삶에 대한 경건함, 노동에서 오는 기쁨으로 커졌기 때문입니다. 대지에 죽음을 묻는 그림이 아니라 흙에서 생명을 이어갈 양식을 일구고 있는 그림으로 바뀐 것이지요. 지평선으로 끝없이 펼쳐지는 수평의 대지와 거기 대지에 발 디딘 채 하늘을 향해 서 있는 수직의 인간이 서로 조화를 이루며 서 있는 안정된 그림으로 바뀐 것입니다. 그러나 그들이 고개 숙여 겸손하게 기도할 줄 아는 모습으로 인해 수직과 수평의 조화는 더 깊어지고 그들 옆에 땅에 꽂혀 있는 쇠스랑과 함께 노동을 잠시 멈추고 노동의 의미에 대해 생각하는 정적인 한순간이 우리의 삶에도 매일 있어야 한다는 것을 가르쳐주는 그림으로 바뀐 것입니다. 그림을 대하면서 비통함만을 느끼게 했었다면 이 그림은 오래 사랑받지 못했을 겁니다. 경건함과 겸손함과 감사하는 마음을 느끼게 하기 때문에 이 그림이 오래 사랑받을 수 있었다고 나는 생각합니다.

나는 그들이 드넓은 대지의 품에서 자라고 거기 깃들어 살아가기 때문에 정직하고 선량할 것이라고 생각합니다. 헨리 데이비드 소로는 "선량함은 단단한 흙을 뚫고 바위가 갈라진 틈을 지나 자생하는 연약한 식물과 같다"고 했습니다. 그러나 "어떠한 쐐기도, 어떠한 망치도, 어떠한 무기도 선량하고 성실한 사람을 이기지 못한다"고 했습니다.

이들 부부도 그런 사람들일 겁니다. 선량한 마음이 가득 넘치고 성실하게 세상을 살아가는 사람들일 겁니다. 이들이 하느님을 향하는 선량한 눈빛으로 하느님도 이들을 바라보실 것 같습니다. 이들이

기도하는 겸허한 목소리로 하느님도 이들에게 따뜻하게 응답하시며 말할 것 같습니다. 당장은 착하고 성실한 사람이 손해 보는 것 같지만 그들은 반드시 인정받게 됩니다. 정직하게 노동하는 사람이 바보같이 여겨질 때도 있지만 정직하지 않고 참되게 승리하는 사람은 없습니다. 검약하게 욕심 없이 사는 사람이 어리석어 보이지만 행복과 기쁨은 그들의 것입니다.

그림 속의 저녁 햇살이 기도하는 여인의 앞치마에 환하게 물들어 있는 게 나는 보입니다. 그 앞치마에 기쁨과 축복을 담아주실 것이라는 확신이 거기 예언처럼 비치고 있습니다.

9월도 저녁이면
바람은 이분쉼표로 분다

"9월도 저녁이면 바람은 이분쉼표로 분다"

강연호 시인의 「9월도 저녁이면」이란 시의 첫 구절처럼 9월의 저녁바람은 느린 쉼표로 다가옵니다. 알레그로 또는 비바체로 몰아치던 여름철의 바람은 뜨거운 남쪽 바다 위 어딘가로 몰려갔는지 눈에 잘 보이지 않고 그 자리를 수굿한 바람이 천천히 건너옵니다. 안단테 안단테 하면서 낮게 노래하듯 다가오는 바람의 속도를 살갗으로 느끼며 우리도 삶의 속도를 늦추게 됩니다. 바람은 우리의 몸속으로 들어와 천천히 가자고 합니다. 뭉게구름의 움직임도 매우 완만해졌습니다. 흰구름 덩이를 데리고 느릿느릿 앞산을 넘어갑니다. 구름의 발걸음을 쳐다보다가 나도 걸음을 늦춥니다.

하늘은 뜨겁던 열기를 누그러뜨리며 자기가 거느리던 공간의 체온을 점점 낮추고 있는 게 느껴집니다. 그런 하늘의 기운을 손바닥으로 쓰다듬어보다가 나도 천천히 호흡을 가다듬으며 내 몸의 열망을 내려놓습니다. 솔잎은 뻣뻣하던 몸에 힘을 빼고 상수리나무 잎들은 팽팽하게 지녀오던 몸의 긴장을 풀고 한결 편안해진 자세로 모습을 바꾸고 있습니다. 나도 그런 나뭇잎들을 보면서 몸에 힘을 빼고 경직된 자세를 풉니다.

가을 야산에는 계곡을 따라 물봉선이 지천입니다. 물봉선의 빛깔은 눈에 크게 뜨이는 빛깔이 아닙니다. 여름에 피는 능소화, 원추리꽃, 산나리꽃은 강렬한 주홍빛으로 눈길을 사로잡습니다. 그러나 물봉선은 보랏빛 잎을 초록 사이에 피워 두고 있어서 벌과 나비가 잘 보고 찾아올지 걱정입니다. 물봉선의 앙증맞게 귀여운 꽃봉오리를 손끝으로 가만히 건드려보다가 나도 이제는 내 빛깔을 조금 낮추기로 합니다. 강렬한 빛에서 담담한 빛깔로 옮겨가기로 합니다.

여름을 지나면서 돌배가 제법 단단하게 익었습니다. 벌레에게 준 나뭇잎이 헤아릴 수 없는데도 남아 있는 나뭇잎 사이에 그래도 여러 개의 단단한 열매를 매달았습니다. 손안에 쏙 들어오는 돌배를 만져보다가 가을까지 오는 동안 내가 거둔 것은 무엇이었는지를 생각합니다. 비바람 속에서 돌배같이 풋풋한 시 몇 편이라도 얻었는지 생각해봅니다.

노릇노릇하게 익어가는 벼이삭을 매달고 말없이 서 있는 논둑을 지나옵니다. 익어가는 벼의 곁을 지나오며 겸허에 대하여 생각합니다. 우리가 갖추어야 할 태도로서의 겸허함과 생 그 자체의 겸허함에 대해 생각합니다.

뜨겁고 열정에 넘치던 계절 뒤에 잔잔해지고 안으로 깊어지는 계절이 뒤따라오게 한 섭리는 생각할수록 깊은 데가 있습니다. 우리에게도 그러한 패턴의 삶이 필요한 까닭일 것입니다. 여름 뒤에 가을이 있듯 뜨겁게 휘몰아치던 열정의 시간이 지나고 나면 가만히 자신을 뒤돌아보고 성찰하는 날들이 필요한 것입니다.

엊그제는 문학청년 시절에 함께 글공부를 하던 후배가 책 몇 권을 보내왔습니다. 펼쳐보았더니 여러 권의 불경과 불교 서적이 들어 있습니다. "고리타분하다고 생각하지 말고 그중에 '관하는 도리'만이라도 읽어보았으면 좋겠다"는 편지도 들어 있었습니다. 학교 다닐 때도 아이를 낳고 키우면서도 늘 허우적대던 허무의 시간들을 지나지금은 자기 마음의 주인공과 만났다고 하는 후배의 맑고 말이 없던 얼굴을 떠올려보았습니다.

문학을 통해서 또는 일과 삶을 통해서 만나지 못하던 자기 생의 주인공을 선원에 나가면서 만나게 된 후배의 그 주인공에게 경배합니다. "저는 다음 생에 진실하게 마음 공부하는 스님으로 태어나라

고 발원하고 있어요. 수행하는 스님들을 보면 그렇게 부러울 수가 없어요." 그렇게 편지를 써서 보낸 후배는 문학청년 시절에도 비구니 같은 얼굴을 하고 있었습니다. 그녀의 얼굴은 무욕의 얼굴이었습니다. 작고 맑은 그 얼굴 깊은 곳에 자리하고 있던 갈망은 문학이 아니라 부처님의 법을 통해서 채워져야 하는 것들임을 진작 알았어야 하는데 다른 데를 돌아다니며 방황했던 거지요.

그러나 저는 그 방황의 시간과 먼지 많고 뜨겁던 세속의 시간들도 헛된 것이 아니었다고 생각합니다. 태양 아래 서툴기만 하던 삶과 작열하는 번뇌의 날들을 지나 그녀가 선원에서 비로소 진여자성을 만난 것도 여름의 끝에 가을이 기다리고 있는 이치와 같다고 생각합니다. 가을 저녁 공기 같은 느낌의 그 후배가 다음 생에서는 반드시 스님으로 태어나기를 저도 기원합니다.

"우주 전체가 생명의 근본 마음, 인간의 근본 마음에 직결되어 있고 세상살이 돌아가는 이 자체가 내 근본에 가설되어 있다. (……) 한마음에서 비롯된 전체적인 우주의 섭리, 연관성이 바로 우리 마음에 직결되어 있다. 근본적인 마음에서 비롯된 전체가 우리 마음에 직결되어 있다면 그 속에 누구인들 없겠는가, 무엇인들 없겠는가. 제불보살도 다 그 자리에서 나타난 화현이다."

후배가 보내준 책에 나오는 대행 큰스님의 말씀입니다. 그렇습니다. 가을바람 한줄기가 내 마음을 다독이는 걸 압니다. 저녁 바람이 시키는 대로 나는 내 삶의 속도를 조절합니다. 이분쉼표로 불어오는 바람이 내 마음과 직결되어 있고, 물봉선 꽃잎 한 장에도 우주의 섭리가 들어 있다는 걸 느낍니다. 우주가 나와 직결되어 있는 것입니다. 그래서 나는 하늘의 체온을 따라 내 몸의 온도를 낮추고 나뭇잎의 몸짓을 보며 내가 지녀야 할 자세를 생각합니다. 정말로 "근본적인 마음에서 비롯된 전체가 우리 마음에 직결되어 있다면" 그 속에 어찌 부처가 없겠습니까. 후배의 발원 속에 이미 현세와 내세를 건너뛴 스님 한 분이 계시는지도 모릅니다.

　　누가 고독을 발명했습니까 지금 보이는 것들이 다 음악입니다
　　나는 지금 느티나무 잎사귀가 되어 고독처럼 알뜰한 음악을 연주
　합니다

　　누가 저녁을 발명했습니까 누가 귀뚜라미 울음소리를
　　사다리 삼아서 저 밤하늘에 있는 초저녁 별들을 발명했습니까
　　　　　　　　　　　　　　　　　　　─박정대, 「그대의 발명」 부분

박정대 시인은 「그대의 발명」이란 시에서 이렇게 노래했습니다. 느티나무 잎사귀가 되어 떨고 있는 고독한 그대여, 가을 저녁이면 더욱 고독해지는 그대여, 그대의 그 고독으로 인해 그대 앞에 있는 것들이 다 음악이기를 바랍니다. 그대의 사색, 그대가 가는 끝없는

구도의 길이 이분쉼표로 부는 바람에 실려 알뜰한 음악이 되기를 바랍니다. 아름다운 그대 마음이 귀뚜라미 소리와도 직결되고, 그대의 근본 마음이 초저녁 별들과도 닿아 있기를 바랍니다.

마음으로 하는 일곱 가지 보시

오늘 하루는 어제 죽은 사람이 하루만 더 살기를 간절히 바라던 바로 그날이라고 합니다. 그 생각을 하면 하루를 헛되이 보내지 못합니다. 하루하루, 한 시간을 아름답고 쓸모 있게 보내고자 합니다.

올해는 거창한 다짐을 하지 않고자 합니다. 크고 엄청난 것을 이루게 해달라고 빌지 않기로 합니다. 대신 올해부터는 약속 시간보다 조금 미리 나가 있어야겠다는 생각을 합니다. 지금까지 내가 못 고친 습관 중의 하나가 약속 시간에 딱 맞추어 나가는 버릇입니다. 1분도 늦거나 빠르지 않게 약속 장소의 문을 들어서는 것이 시간을 아끼는 태도라고 생각했습니다. 그러나 교통이나 도로 사정이 여의치 않아서 5분 이상 늦는 경우가 대부분입니다. 문을 들어서면서 미안합니다라는 인사를 하고 늦을 수밖에 없었던 상황을 구구하게 설명하는 일을 되풀이해왔습니다. 그 버릇 하나를 고치기로 합니다.

일을 시작하기 전에 그 일에 대해 미리 조금만 생각하기로 합니다. 그날 만날 사람에 대해 만나기 전에 잠시만 생각하기로 합니다. 그래서 그 만남이 의미 있고 가치 있는 만남이 되도록 하고자 합니다. 말을 많이 하기보다는 많이 듣고자 합니다. 한 마디를 하고 두 마디를 듣고자 합니다. 만나는 사람들에게 편안하게 대하고자 합니다. 말을 따뜻하고 친절하게 하기로 합니다.

내게 전화를 걸었다가 멈칫하는 사람들이 있습니다. 전화 목소리에 생기가 없다고 합니다. 몸이 편치 않아서 그런 면도 있습니다. 자기가 전화한 걸 기분 나쁘게 생각하는 줄 알았다고 하는 말을 들은 적도 있습니다. 어머니는 전화를 받자마자 오늘도 아프니 하고 물어오십니다. 새해부터는 좀더 편안한 목소리, 친절을 담은 목소리로 바꾸기로 합니다.

가진 것을 베푸는 보시는 재물로만 하는 게 아닙니다. 재물이 없어도 마음으로 남에게 베풀 수 있는 보시가 있습니다. 항상 얼굴에 화색을 띠는 것도 보시입니다. 밝은 얼굴을 하고 있으면 자신도 좋고 상대방도 기쁩니다. 남을 기분 좋게 하고 마음을 밝게 만들어주는 것은 선한 일을 한 것과 같습니다. 말에 친절을 담는 것도 보시입니다. 남에게 친절한 말로 대하면 그 사람은 사람대접을 받았다고 생각합니다. 친절은 더 큰 친절이 되어 돌아옵니다.

따뜻한 마음으로 남을 대하는 것도 보시입니다. 처음 보는 사람이든 늘 대하던 사람이든 따뜻한 마음으로 그를 대하면 그는 행복해합니다. 따뜻한 마음은 마음도 따뜻하게 해주고 몸도 따뜻하게 해줍니다. 눈에 호의를 담고 바라보는 것도 보시입니다. 상대방은 인정받고 있다고 생각합니다. 그의 말에 귀기울여주고 고개를 끄덕여주며 동의해주는 눈빛은 상대방과 나를 더 가깝게 해줍니다. 그래서 웃는 눈빛도 보시인 것입니다.

물으면 친절히 잘 가르쳐주는 것도 보시입니다. 나는 거기 살고 있고 그 일을 늘 하기 때문에 잘 알지만 처음 대하는 사람은 두려워합니다. 정확히 판단을 내리지 못하고 망설입니다. 어느 길로 가야 할지 몰라 주저합니다. 그런 사람에게 친절히 이것저것 가르쳐주는 것이야말로 훌륭한 보시입니다. 그는 도움받았다고 생각합니다.

자리를 남에게 양보하는 것도 보시입니다. 내가 조금 불편을 참는 동안 그는 편안히 앉아 갈 수 있습니다. 그가 오래전부터 그 자리에 앉고 싶어했다면 더 고마워할 것입니다. 어떤 자리든 나만 앉을 수 있다고 생각하지 말고 언제든 내줄 수 있어야 합니다. 마음을 비우면 자리도 비울 수 있습니다. 가족이나 남에게 잠자리를 깨끗하게 해주는 것도 보시입니다. 그들은 안락한 잠을 잘 수 있습니다. 어린이든 노인이든 하룻밤을 내 집에서 머물다 가는 사람은 오래오래 그 하룻밤을 기억할 것입니다.

이것들을 무재칠시無財七施라 합니다. 재물이 아닌 마음으로 하는 일곱 가지 보시입니다. 그것들은 화안시, 언사시, 심시, 안시, 지시, 상좌시, 방사시라고 합니다. 올해는 얼굴로 말로 마음으로 눈으로 행동으로 소리 없이 남에게 베풀고자 합니다. 큰 약속을 하기 앞서 작은 것을 고쳐나가고, 거창한 것을 이루기 위해 앞에 나서기보다 어느 자리에서건 순간순간의 삶에 충실하고자 합니다.

2부

상처 없이
어찌 깊은 사랑이
움트겠는지요

쪽잠

어머니가 집에서 넘어지시면서 허리에 골절상을 입으셔서 여러 날 입원해 계시는 바람에 산방을 비워두고 있다가 낮에 목초액을 가지러 갔습니다. 목초액을 찾아 가방에 넣고 문 앞에 놓인 편지를 챙겨가지고 나오려다 피곤하여 잠깐만 누워 있어야지 했는데 그만 쪽잠이 들고 말았습니다.

짧은 틈에 잠깐 눈을 붙였는데 단잠을 잤습니다. 사람들이 두런 거리는 목소리에 잠이 깨긴 했는데 눈을 감은 채 누구일까 생각하며 누워 있었습니다. 버섯을 따러 산에 들어온 사람들 같았습니다. 산등성이 쪽으로 점점 작아져가는 목소리를 들으며 그냥 누워 있었 습니다. 피곤하고 바쁜 일상 속에서 가끔 이렇게 쪽잠을 자고 나서 잠은 깼지만 눈을 감고 누워 있는 이런 시간이 참 좋습니다.

밤이 떨어지는 소리인지 호두가 떨어지는 소리인지 툭툭 열매 떨어지는 소리가 들리고 짐승들이 나뭇잎을 밟고 가는 소리가 들리고 새가 나뭇가지 사이를 옮겨다니느라 날갯짓하는 소리가 들립니다.

들국화 무리지어 핀 꽃밭에 누워 두 팔을 벌리고 나비잠을 잘 수 있다면 얼마나 좋을까요. 잠을 자는 동안 들국화 향기가 몸에 짙게 배어 몸을 뒤척일 때마다 국화 향기가 풀풀 솟고, 입김을 내뿜으면 거기서도 국화 향기가 배어나오고, 손바닥을 마주치기만 해도 국화 향기가 이리저리 툭툭 튀는 들국화 밭에서 잠들 수 있다면 얼마나 좋을까요.

도심을 벗어나 어디 코스모스가 한 마장쯤 심어져 있는 코스모스밭에 들어가 잠들었으면 좋겠습니다. 코스모스가 얼굴에 어른거려 깊이 잠들지 못하고 자주 깨는 노루잠을 자더라도 코스모스 사이에 잠들었다는 것만으로도 행복할 것 같습니다. 얼굴에 분홍빛이 물들기 시작하면서 몸 전체로 번져나가는 코스모스 빛깔을 보고 있는 것만으로도 십대로 돌아간 것처럼 가슴 설렐 것 같습니다. 전화기 같은 것은 버리고 코스모스 꽃밭에서 안으로 문 걸어 잠근 뒤 오래오래 누워 있으면 좋겠습니다.

산 몇 개 넘어 넓은 구릉 가득한 억새밭 사이에 누워 잠이 들었으면 좋겠습니다. 가을 햇살을 덮고 자는 잠이라 비록 여윈잠일지라도 잠깐씩 깰 때마다 파란 하늘이 눈에 들어와 눈과 머리를 씻어내는 그런 잠을 잘 수 있으면 좋겠습니다. 가을바람에 머리칼도 억새처럼 날리고, 마음이 깃털처럼 가벼워지면서 무겁던 몸에서 천천히 내가 지니고 있던 무게가 빠져나가는 그런 잠을 자면 좋겠습니다.

사랑하는 사람의 무릎을 베고 누워 풋잠이 들었으면 좋겠습니다. 부드럽고 따스한 무릎을 베고 누워 두런두런 이야기를 나누다가 어디서부턴가 이야기의 꼬리를 잃어버리고 스르르 잠에 빠져들었으면 좋겠습니다. 살에 볼을 대고 잠든 모습을 바라보다가 함께 잠든 사람 위로 나뭇잎 그림자가 일렁이고 고추잠자리가 가만히 머리에 날아와 앉는 가을 한낮의 다디단 쪽잠을 잘 수 있으면 좋겠습니다.

우거짓국

"우거짓국 끓여놓았으니 저녁 먹으러 와라."

낮에 어머니가 전화를 하셨습니다.

"오늘 일이 있는데 어떡하지요. 일이 다 끝나면 가고요, 안 되면 내일 저녁에 갈게요."

전화를 끊고 다 끝마치지 못한 일을 붙들고 끙끙대는 동안에도 어머니의 저녁 먹으러 오라는 말씀이 머리에 자꾸 맴돌았습니다. 당신들 드시려고 우거짓국을 끓이셨을 것 같지는 않습니다. 오늘 저녁은 자식들하고 같이 먹고 싶다는 생각을 하셨을 겁니다. 대단한 음식도 아닌 우거지를 사러 보내시면서, 특별하게 맛있는 요리도 아닌 우거지를 씻고 다듬으시면서, 평범한 저녁 준비를 하고 국을 끓이시면서, 국솥 위로 푹푹 솟아오르는 뜨거운 김을 보면서 자식들과 함께 나누는 밥 한 끼를 생각하셨을 겁니다.

하던 일을 멈추었습니다. 오늘 못 끝내면 내일 하기로 했습니다. 펼쳐진 일감들을 그대로 둔 채 차에 시동을 걸었습니다. 산방에서 어머니 계신 곳까지는 한 시간이 채 안 걸립니다. 피반령 고개를 넘을 때는 해넘이 무렵이었습니다. 고개 위에서 내려다보는 서쪽 하늘은 어릴 적 저녁 하늘 모습 그대로였습니다. 저런 하늘 아래서 날 저무는 줄도 모르고 놀고 있노라면 "민환아 밥 먹어" 하고 길게 이름 부르는 소리가 들리곤 했습니다.

제 어릴 때 이름은 민환이었습니다. "네" 대답을 하지만 그냥 가는 법이 없습니다. 두 번, 세 번 점점 커지면서 화가 난 듯한 목소리가 들려야 그제야 일어섭니다. 땅바닥에 그어놓은 금을 그냥 둔 채, 구슬이나 딱지를 대충 주머니에 구겨넣거나 흙 묻은 손에 쥔 채 집으로 달려갑니다. 굴뚝에서 저녁연기가 오르고 흐릿하고 푸르스름한 이내가 집의 허리를 감싸며 천천히 마을을 감돌 때면 집집마다 아이들 부르는 소리가 들리곤 했습니다.

지금 어머니가 그 소리로 저를 부르시는 것입니다. 그 소리를 듣고 제가 집으로 가고 있는 것입니다. 뜨끈뜨끈한 우거짓국에 금방 담근 얼갈이김치를 넣어 먹는 저녁밥은 넉넉하고 풍성했습니다. 생각해보니 지난 몇 주는 무슨 일로 바빴는지 주말이면 같이하던 저녁식사 자리도 거르고 지나갔습니다. 늙고 병드신 어머니가 몇 번이나 더 저녁 먹으라고 저를 부르실지 알 수 없습니다. 그러나 땅따먹기 하느라 땅바닥에 그어놓은 금을 그냥 둔 채 달려오던 날처럼 저는 어머니의 추녀 밑으로 달려갈 것입니다. 우리가 하는 일이 땅따먹기와 크게 다르지 않으므로.

누가 불렀을까

시내에 일이 있어 나갔다가 빨리 산방으로 돌아가야겠다는 생각이 들 때가 있습니다. 산방에 누가 와 있는 것도 아닌데 마음이 자꾸만 초조해지는 느낌이 들곤 합니다. 오늘 낮에도 도서전시회장에 나갔다가 오랜만에 만난 친구가 밥을 같이 먹자고 하는데도 일이 있어서 안 되겠다고 하고는 돌아왔습니다.

특별한 일이 있는 것도 아니었습니다. 친구는 "어디 또 다른 데 약속이 있나보지?" 하고 물었고 나는 짐짓 그런 약속이나 있는 것처럼 "응" 하고 얼버무리고는 돌아왔지만 내가 한 일은 텃밭에 가서 풀 뽑고 밭 맨 것밖에 없습니다.

오후 내내 상추밭을 매면서 나도 혼자 생각해보았습니다. 누가 나를 부른 것일까? 낮부터 울어대는 소쩍새가 나를 부른 것일까. 꾀꼬리는 몸이 무거워진 암꾀꼬리 둥지 옆에서 날개를 접고 오수를 즐기는지 아무 소리가 없고, 숲 건너 쪽에서 뻐꾸기만 한가하게 우는데 그 뻐꾸기가 나를 부른 것일까. 툇마루에 놓아둔 밤알 네 개 중에 한 개를 물고 간 아기다람쥐가 나를 오라고 무슨 신호라도 보낸 것일까. 어두워지기도 전에 저벅저벅 소리를 내며 산비탈을 내려오는 고라니가 나를 찾은 것일까. 오늘 처음 몸을 연 작약꽃이 자줏빛 웃음으로 나를 오라 한 것일까.

작약꽃은 오래전, 시골 학교에 근무할 때 순박하면서도 참 활발하던 제자 아이를 생각나게 합니다. 그 아이는 늘 볼이 붉은빛을 띠고 있었습니다. 그 아이의 먼 친척 언니는 동생과 달리 키가 크고 얼굴이 희었는데 나는 그 여자가 꼭 찔레꽃 같다는 생각을 하곤 했습니다. 그런 찔레꽃, 보랏빛 붓꽃의 입술에 가만히 내 입술을 비비며 이 꽃들이 나를 불렀을까 생각해봅니다.

내일 비가 오면 풀들이 더 자라서 치마상추 겨자상추의 몸이 다 풀에 묻혀버린다며, 비 오기 전에 빨리 돌아오라고 텃밭에 있는 채소들이 나를 부른 것일까. 토란 순, 연잎, 머위, 곰취 이파리들이 푸른 손으로 나를 손짓해 부른 것일까. 누가 나를 불러 허위허위 빈집으로 달려오게 한 걸까.

그러나 돌아오면 늘 잘 왔다는 생각을 합니다. 산방에 와 있으면 마음이 다시 청안해집니다. 맑고 편안해집니다. 이 숲에 있는 모든 것들이 나를 부른 건지도 모르겠습니다. 너무 나돌아다니지 말고 우리와 같이 있자고, 우리도 네가 있어야 심심하지 않다고 그러는 건지도 모르겠습니다. 숲은 점점 녹음으로 짙어지며 반짝반짝 생기가 돕니다. 소쩍새 소리도 깊어집니다.

갇힌 새

산방은 하루 중에도 새벽이 좋습니다. 나무들이 밤새 잠겼던 어둠의 수심을 빠져나오며 뿜어내는 초록의 숨결, 그 숨결로 가득한 아침 숲. 나무들의 날숨을 받아 마시며 새들이 뱉어내는 긴 호흡 소리는 참으로 청아합니다. 아침 숲을 가득 채운 푸른 기운 속에 잠겨 있는 시간이 좋습니다. 방을 쓸고 정갈하게 앉아 명상에 잠기면 몸과 마음의 비워지는 자리로 나뭇잎 내음과 꽃향기가 들어와 앉습니다. 그렇게 가벼워지는 시간이 행복합니다.

그런데 오늘 아침에는 고요한 명상의 시간 한가운데로 새 한 마리가 날아들었습니다. 멧비둘기였습니다. 새는 열린 문으로 날아왔다가 유리벽에 몸을 부딪힌 채 방바닥으로 떨어졌습니다.

"얼마나 아플까" 하는 내 소리를 들을 수 없는 새는 그저 나를 바라보고 있었습니다. "정신이 드니?" 하고 다가가 물어보면 내 말을 알아듣지 못한 채 불안해할까봐 나도 가만히 있었습니다. '너를 걱정하고 있어' 하는 내 생각을 알게 하기 위해 새의 까만 눈동자를 바라보았습니다. 새는 까만 눈, 회갈색 눈꺼풀을 감았다 떴다 했습니다. 몸은 통통하고 고동색 깃털 무늬는 아름다웠습니다. 우리는 몇십 분을 그렇게 서로 바라보고 앉아 있었습니다.

시간이 지나면서 새는 기운을 차리고 다시 날기를 시도했지만 그때마다 유리벽에 부딪혀 창턱으로 내려앉았습니다. 그러다가 보라색 똥까지 싸곤 했습니다. 내게 행복한 공간도 남에게는 감옥이 될 수 있다는 생각이 들었습니다. 한순간, 아름다운 저 새와 같이 살았으면 싶었지만 그건 내 생각일 뿐 새에게는 비 내리고 바람 부는 숲과 하늘이 내 아늑한 집보다 더 좋을 것입니다.

집배원이 온 게 마침 그때였습니다. 내가 손가락을 입술에 갖다 대며 조용히 하라는 몸짓을 보내자 집배원은 "손님이 오셨나요?" 하고 물었습니다.
"그래요. 손님이 왔어요, 새 손님이."

내가 일어서고 한 사람이 더 들어오자 금세 불안한 표정으로 방 안을 날아다니는 새를 잡아 내보내주었습니다. 손안에서 놀라 푸덕

이던 새는 구름 낀 하늘로 날아갔습니다. 새가 날아간 자리에 크고 작은 깃털이 쏟아져 있었습니다. 그의 가벼운 영혼 같은 흰 깃털, 너무 놀라 지상에 빠뜨린 몸의 따뜻한 흔적. 이건 사고였다고 말하고 싶어하는 깃털을 새가 날아간 하늘 쪽으로 날려주었습니다. 인간의 집에 우연히 머물면서 바라본 사람의 눈동자가 자기와 크게 다르지 않더라는 걸 다른 새들에게도 이야기해주길 바라며 깃털을 허공에 띄웠습니다.

꽃 보러 오세요

옥화대 강가에 사는 허선생님이 꽃 보러 오라는 전갈을 보내왔습니다. 허선생님 내외가 집 안팎에 심어서 가꾸는 꽃이 무척 아름답게 피었다고 연락을 하신 것입니다. 날마다 몇 시간씩 꽃을 가꾸고 돌봐서 꽃도 꽃을 가꾸는 사람도 아름다운 풍경 속에 사는 모습이 보기 좋지만, 그 꽃이 지기 전에 꽃 보러 오라는 마음이 내게는 더 아름다워 보입니다.

그런데 그곳에 가지 못했습니다. 여름에 강의를 하느라 못 가고, 휴가를 다녀온다고 돌아다니다 병이 생겨 누워 있느라 못 갔습니다. 여러 날을 누워 있으며 허선생님 사모님이 우리집 뒤뜰에 심어놓고 간 봉숭아와 원추리꽃 꽃대에 앉아 있는 잠자리만 보았습니다.

산방 바로 위에 있는 비탈밭에서 농사를 짓는 염씨 아저씨는 고추밭 옆에 옥수수를 심어놓았으니 익거든 따다 먹으라고 하십니다. 밭에 심어놓은 농작물을 누가 따갈까봐 조바심 내고 경계하는 게 아니라 지나가는 길에 따다 먹으라고 하는 그 마음이 참 고맙습니다.

내가 산방에 들어와 살기 시작할 때 밭에서 일하는 염씨 아저씨에게 옥수수 5천 원어치만 살 수 없느냐고 물었더니 한 자루를 그냥 주신 적이 있습니다. 처음 보는 사람인데 돈을 드려도 한사코 받지 않으셨습니다.

지난주에는 밖에 나갔다 오니까 뜨락에 옥수수가 놓여 있는 것입니다. 누가 두 팔 가득 안아다 놓고 갔습니다. 먹고 싶으면 따다 먹으라고 해도 따가지 않으니까 염씨 아저씨가 갖다놓고 가신 것입니다.

나도 마당가에 상사화가 곱게 피면 꽃 보러 오라고 불러야겠습니다. 골짜기에 연보랏빛 구절초가 조촐하게 피고 단풍이 앞산을 물들이면 아름다운 산 보러 오라고 전화해야겠습니다. 다른 분들은 꽃 보러 오라고 하는데 나는 들국화 핀 걸 혼자 보며 살아왔습니다. 외로운 나를 지탱하는 일도, 아름다운 노을을 지켜보는 일도 다 나 혼자의 일로만 여겼습니다.

호박을 썰어 넣고 맛있는 국수를 끓이는 저녁에는 가까운 분들에게 저녁 먹으러 오라고 해야겠습니다. 감이 잘 익었으니 감 한 가지 꺾어가라고 손짓해 불러야겠습니다. 그동안 오디나 복분자가 저 혼자 검붉게 익다가 떨어져도 그냥 내버려두었습니다. 남들은 서슴없이 가진 것을 나누고 베푸는데 나는 그냥 나 하나를 지키고 사는 일도 어려워하며 한 세월을 살았습니다. 잘못 살고 있는 게 한두 가지가 아닙니다.

가을이 가기 전에 허선생님 집으로 꽃 보러 가야겠습니다.

잘 익은 빛깔

아침마다 기온이 떨어져 날씨가 갈수록 쌀쌀해지고 강원도에는 벌써 첫눈이 내렸다는 소식이 들리는 날, 작은 솥에다 고구마를 찝니다. '칙칙!' 하고 소리를 내며 물이 끓는 동안 솥뚜껑을 밀어올리는 힘이 씩씩거리며 달려오는 기관차를 보는 듯합니다. 그 씩씩거리는 힘이 쪄낸 고구마를 반으로 잘라 잘 익은 고구마의 속살을 바라봅니다. 잘 익은 고구마의 노오란 살빛이 참 보기 좋습니다.

보은 지방의 황토는 고구마를 잘 키워내는 좋은 흙입니다. 파삭파삭한 고구마의 맛이 바로 황토가 키워낸 맛입니다. 황토 중에서도 보통의 고구마를 밤고구마로 키워내는 황토의 불그스레한 빛깔은 잘 익은 흙의 빛깔입니다. 바위가 잔돌이 되었다가 다시 고운 황토로 변해온 오랜 겁의 세월이 그 빛깔 안에 녹아 있습니다.

잘 익은 감빛은 또 얼마나 아름답습니까. 손안에 꽉 차는 감의 느낌, 힘을 더 주면 터질 것 같아 가만히 감의 무게를 쥐고 있노라면 부드러우면서도 팽팽한 감의 살, 말랑말랑하면서도 탱탱한 감의 살갗을 손 가득 느끼며 잘 익은 것의 감촉이란 바로 이런 것을 말하는구나 하는 생각을 합니다. 주홍빛이란 말 대신 감빛이라고 이름을 바꾸었으면 좋겠습니다. 과일이 가장 아름다운 것은 제대로 익었을 때입니다. 익을 대로 익은 과일의 농익은 빛깔 중 하나가 홍시의 감빛입니다.

불에 갓 구워낸 은행의 연둣빛 또는 노릇노릇한 빛깔, 그 안에는 떨잎으로 지기 직전 가장 아름답게 불타던 은행잎의 샛노란 열정이 있고, 싸한 맛이 있으며 은근한 겸허가 있습니다. 수억 년의 세월을 지나오는 동안 진화하기를 거부하는 소박한 자기 고집의 빛깔이 있습니다.

추수하기 직전 노랗게 영근 벼들이 가만히 몸을 움직이며 출렁이는 들판에서도 나는 잘 익은 것들의 빛깔이 어떤 것인지를 보곤 합니다. 참다 참다 더이상은 참을 수 없는 눈구름이 품고 있던 것들을 다 쏟아낸 함박눈의 흰빛, 그 흰 눈의 빛깔을 덮고 누웠다가 제 몸을 서서히 붉은 흙빛으로 바꾸어가는 대지, 그 대지에서 자라는 나무와 뿌리 식물과 곡식 들, 우리는 그런 것을 먹으며 목숨을 이어갑니다.

우리는 오늘도 잘 익어가고 있을까요. 사람은 자연 속에 있게 해보면 그가 제대로 익은 사람인지 아닌지를 알 수 있다고 합니다. 자연 속에서 드러나는 얼굴빛과 표정 그리고 눈빛과 행동거지를 보면 그가 얼마나 익은 사람인지를 알 수 있다고 합니다. 그대도 잘 익은 빛깔의 성숙한 과일이기를 바랍니다.

집 비운 날

바깥일을 보느라 며칠 집을 비웠다 돌아오면 집 주위가 엉망으로 어질러져 있는 날이 있습니다. 어떤 날은 마당 잔디밭이 수십 군데나 푹푹 파여 있습니다. 파여 있는 발자국의 크기나 모양으로 보면 멧돼지의 짓입니다. 지난해에는 텃밭에 심어놓은 고구마를 멧돼지 가족이 내려와 하나도 남기지 않고 다 먹어치우기에 올해는 고구마를 안 심었더니 화풀이를 한 건지 심술을 부린 건지 마당을 푹푹 파놓고 갔습니다.

뒷마당에는 고라니들이 까만 콩 같은 똥을 한 무더기 싸놓고, 앞마당에는 살쾡이인지 족제비인지 회색 빛깔의 똥을 길게 싸놓았습니다. 색깔을 보니까 하루에 싸놓은 똥이 아닙니다. 굳은 것도 있고 싼 지 얼마 안 되어 보이는 똥도 있습니다. 제가 없는 날 매일 와서 먹고 놀다 간 것 같습니다.

새의 깃털이 마당 가득 흩어져 있는 날도 있습니다. 새들끼리 싸웠나 하고 살펴보니 솔개가 새를 잡아 해친 흔적입니다. 그런가 하면 마주 불어오다 우리집 근처에서 만난 바람이 팽나무 잎을 서로 집어던지며 장난을 치다 그냥 달아났는지 나뭇잎이 뜰 가득 어질러져 있는 날이 있습니다. 거기에다 다람쥐는 어디로 갔는지 얼굴도 보이지 않습니다. 마루에 놓아준 알밤 다섯 알이 그대로 있습니다.

마치 엄마가 집을 비운 사이에 아이가 제 친구들을 데리고 와 난리치며 놀다가 어질러놓은 방안 같습니다. 담임선생님이 며칠 출장 갔다 온 사이에 교실 바닥에 먹다 흘린 것, 종이와 쓰레기 버린 것, 연필 깎은 것이 그냥 널려 있고 한바탕 싸움이 벌어져 유리창은 깨져 있을 때의 모습을 보는 것 같기도 합니다. "아니 이 녀석들이 진짜, 이렇게 마당을 파헤쳐놓으면 어떻게 해" 하고 소리를 칩니다. "누가 여기에다 똥 싸놓았어" 하고 주위를 돌아보지만 아무도 손드는 녀석이 없습니다.

나뭇잎이나 새의 깃털을 쓸고 똥을 치우면서 나는 내가 혹시 이 산에 사는 것들의 담임선생 노릇을 하려고 하는 건 아닌가 하는 생각을 합니다. 몸에 밴 직업의식을 못 버려 이 산속에 들어와서도 선생 노릇, 주인 행세를 하고 싶어하는 건 아닌가 생각합니다. 산짐승들이나 나무들 아무도 나를 선생이라고 여기거나 주인처럼 모셔야 한다고 생각지 않을 텐데 나 혼자만 그러는 거 아닌가 싶습니다. 나를 위험인물 취급하거나 경계하지 않는 것만 해도 다행이고, 만약 친구처럼 여겨준다면 그것만으로도 고마워해야 하지 않나 싶습니다. 스산한 겨울 풍경 속에서 새들이 자기 마당이라고 생각하며 놀다 가도 고맙고, 짐승들이 제 땅이라고 생각하며 오줌똥을 싸서 영역 표시를 남기고 가도 그런가보다 하고 같이 지내야 하리라 생각합니다.

겨울잠

툇마루에 놓아둔 밤이 그대로 있습니다. 다람쥐들이 겨울잠을 자고 있나봅니다. 지난가을에는 도토리가 많이 열렸습니다. 도토리 주우러 오는 사람도 별로 없었기 때문에 땅바닥에 '톡톡' 도토리 떨어지는 소리를 다람쥐들은 행복해하며 들었을 겁니다. 호두도 다람쥐가 다 가져갔습니다. 다람쥐가 올라가지 못하도록 호두나무 둥치에 감아놓았던 양철판을 떼어냈기 때문에 다람쥐들은 정말 신났을 겁니다. 대신 내게 돌아온 호두는 하나도 없습니다. 호두를 좋아하지만 호두 말고도 나는 먹을 것이 많기 때문에 못 본 척했습니다. 다람쥐는 가으내 밤나무 가지 사이를 바쁘게 옮겨다녔습니다. 그러고는 이제 쌓아놓은 양식 옆에서 넉넉하고 따뜻한 잠을 잘 것입니다.

뱀도 몸이 불어나 가을에 허물을 벗어 마당 풀밭 위에 던져놓더니 겨우내 똬리를 틀고 잠이 들었나봅니다. 뜨락 밑 돌 틈 속에 깃든 그들의 잠도 아늑하기를 바랍니다.

산개구리들도 우물가나 연못 근처에서 몸을 웅크리고 잠이 들었을 겁니다. 겨울이 깊어지면서 체온이 점점 내려갈 그들의 잠이 깊고 깊기를 바랍니다. 무당벌레나 노린재도 산뽕나무 껍질 어디쯤에 알을 슬어놓고 떠났습니다. 그 작고 어린 알들의 잠도 겨우내 평안하기를 바랍니다.

메뚜기나 사마귀도 풀숲 어딘가에 알을 감추어놓았을 겁니다. 사마귀 수놈이 암놈의 몸에 알이 될 것들을 밀어넣는 동안 암컷은 수컷의 몸을 먹어치웠습니다. 그 영양분으로 알을 품었다가 숲 어딘가에 자디잔 알들을 내려놓고는 생을 마감하였습니다. 그렇게 절박하게 생을 이어가는 것들의 겨울잠을 하느님이 따뜻한 손길로 덮어주시길 바랍니다.

봉숭아 꽃씨도 뿌리 근처 어디쯤에서 얕은 흙을 덮고 겨울잠을 자고 있습니다. 채송화도 코스모스도 깨알보다 작은 꽃씨를 땅 어딘가에 내려놓고는 안쓰러워하며 지켜볼 것입니다. 그 위로 칼바람이 불고 눈이 내려 쌓이고 할 것입니다. 그들도 겨울을 잘 보내고 살아남아 꽃 피우게 되기를 바랍니다.

나도 겨울잠에 들고 싶습니다. 꽃씨처럼 묻혀 봄을 기다리고 싶습니다. 많은 생각을 버리고 그저 단순하게 굴속에 누워 겨울을 보내고 싶습니다. 흙의 온기에 몸을 맡기고 앉아 굴 밖을 지나가는 바람 소리를 듣고 싶습니다. 나를 찾는 소리, 발소리도 못 들은 채 다람쥐처럼 잠을 자고 싶습니다. 눈발이 창문을 '톡톡' 두드릴 때도 못 들은 척 누워 있고 싶습니다. 풀뿌리들이 먼저 깨어나 푸른 향기를 집집마다 돌릴 때까지 아무 말도 안 하고 긴 잠에 묻혀 지내고 싶습니다.

배춧국

"오늘은 무얼 해 먹지?"

어릴 때 어머니는 저녁밥 지을 시간이 가까워지면 그렇게 말씀하셨습니다. 가난한 집안의 밥 먹는 시간이 어머니에겐 매 끼니마다 걱정거리였을 겁니다.

'오늘은 무얼 해 먹지?'

밖에 나왔다 산방으로 들어가면서 저도 그 생각을 합니다. 저녁밥 생각을 하면 잠시 머리가 복잡해집니다. 매일 무얼 해 먹는다는 게 귀찮게 느껴지는 날도 있습니다. '간단하게 끼니를 해결하는 방법으로는 뭐가 좋을까' '가게에 들러 찬거리를 사가야 할까' '그냥 가도 될까' '집에는 반찬 만들 게 뭐가 남았을까' 하는 생각을 합니다.

그러다 '아, 배춧국! 배춧국 먹다 남은 게 있지' 하는 생각을 하면 입가에 웃음이 번집니다. 마음이 흐뭇해지고 김이 무럭무럭 올라오는 국사발을 만질 때처럼 따스한 기운이 몸에 퍼집니다. 생선 반 토막 남겨놓았던 게 생각나는 날은 발걸음도 경쾌해집니다. 갑자기 내 식탁이 풍요로워진 것 같고 마음에 여유가 생겨 가벼운 노래가 흘러나옵니다.

쌀 한 주먹 물에 씻어 저녁밥을 지으면 오늘 식사 준비는 끝입니다. 배춧국을 데워 따뜻한 밥 한 그릇과 함께 마련한 저녁상에는 제자가 만들어다준 무말랭이도 있고, 집배원의 누나가 가져다준 동치미도 있고, 후배들이 한 통 담아온 총각김치도 있습니다. 나 한 사람의 한 끼 식사를 위해 식탁 위에 동원된 손길이 참 많습니다. 고맙고 고마운 세상입니다.

배추 한 포기는 1500원에서 2천 원 정도 합니다. 값이 더 쌀 때도 있습니다. 반 포기면 큰 냄비 가득 국을 끓입니다. 저 혼자 먹기 때문에 사나흘은 먹습니다. 호박고지를 함께 넣어 끓이기도 하지만 한 사발의 배춧국은 값으로 따지면 정말 얼마 되지 않습니다. 멸치국물과 된장에 우려낸 배춧국은 맛이 담백합니다. 담백한 맛은 물리지 않는 맛입니다. 사람도 담백한 사람은 편안합니다. 같이 지내기가 부담스럽지 않아 한 번 사귀면 오래갑니다. 담백한 맛은 평범하게 느껴지지만 오래 먹어도 싫증을 느끼지 않습니다. 특별한 맛은 당장에는 좋지만 오래가지 못하고 금방 다른 것은 찾게 되는데 된장을 맑게 끓여 우려낸 맛은 우리를 그 맛에 길들입니다.

창밖에는 풀풀 눈발이 날리는데 저는 배춧국 한 그릇에 이 저녁이 행복합니다. 다른 이들은 어디서 무얼 먹으며 행복을 찾고 있을까요.

첫 매화

밤에는 부엉이 우는 소리 산 가득하더니 아침에는 딱따구리가 요란하게 나무둥치를 쪼아댑니다. 숲의 새들이 점점 분주하게 움직이고 있습니다.

엊그제는 지리산에 사는 후배의 편지를 받았습니다. 섬진강 하류를 따라 곡성 쪽으로 내려가다가 첫 매화를 보고는 생각이 나서 소식을 전한다고 했습니다. 편지와 함께 보낸 사진에는 열일곱 시골 소녀처럼 보얀 매화꽃이 다소곳하게 나뭇가지에 앉아 있었습니다. 아직 피지 않은 채 맺혀 있는 꽃봉오리들은 아기를 가진 여자의 젖꼭지처럼 부풀어올라 있었습니다.

그런데 후배의 편지에 의하면 이 매화나무는 큰 상처를 입은 나무라는 것입니다. 굵은 가지가 여러 군데나 잘려나간 채 덜덜 떨며 겨울을 보낸 나무라 했습니다. 상처받은 나무가 다른 나무보다 일찍 꽃을 피웠다는 것입니다. 후배의 편지는 이렇게 이어지고 있었습니다.

"상처 없이 어찌 봄이 오고, 상처 없이 어찌 깊은 사랑이 움트겠는지요. 태풍에 크게 꺾인 경상도 벚나무들이 때아닌 가을에 우르르 꽃을 피우더니 섬진강 매화나무들도 중상을 입은 나무들이 한 열흘씩 먼저 꽃을 피웁니다. 전쟁의 폐허 뒤에 집집마다 힘닿는 데까지 아이들을 낳던 때처럼 그렇게 매화는 피어나고 있습니다. 처음인 저 꽃이 아프게 아름답고 상처가 되었던 세상의 모든 첫사랑이 애틋하게 그리운 아침, 꽃 한 송이 처절하게 피는 걸 바라봅니다…… 문득 꽃 보러 오시길 바랍니다."

저는 "상처 없이 어찌 봄이 오고, 상처 없이 어찌 깊은 사랑이 움트겠는지요" 하는 대목을 읽다가 고개를 들어 산줄기를 올려다보았습니다. 꽃 한 송이도 상처를 딛고 피고, 상처 속에 핀 꽃들로 하여 봄이 오는 지리산을 생각했습니다. 설해를 입은 우리집 마당가 소나무들이 빼곡하게 솔방울을 매달던 모습이 떠오릅니다.

사람도 쇠약해질 때 사랑의 욕구를 더 강하게 느낀다고 하는데 무릇 생명을 가진 것들의 생존 본능이 그렇게 몸에 작용을 하는 거겠지요. 그러나 이 매화꽃에는 본능을 넘어서는 깊은 아름다움이 있습니다.

　저는 답장을 쓰며 후배에게 편지를 옮겨 한 편의 시로 만들고 싶은데 허락해줄 수 있겠느냐고 물었습니다. 상처 입은 나무에서 첫 매화 피는 걸 바라보며 보낸 편지 한 구절 한 구절이 저에게는 시처럼 다가왔습니다.

햇살 좋은 날

봄 햇살이 참 좋습니다. 진달래꽃이 연분홍 꽃잎을 스스로 열게 하는 투명한 햇살입니다. 백목련 흰 꽃봉오리의 눈을 뜨게 하는 맑은 햇살입니다. 제비꽃이 수줍게 몸을 숨기고 있다가 소리 없이 그쪽으로 고개를 들게 하는 밝은 햇살입니다. 꽃나무에게 좋은 햇살이니 우리 몸에도 좋은 햇살입니다. 민들레꽃에서 금단추 같은 빛이 뿜어져나오게 하는 햇살이니 그 햇살을 받고 서 있으면 우리 몸이 얼마나 좋아하겠습니까. 저도 상사화 초록 잎처럼 햇살이 비치는 쪽으로 팔을 힘껏 뻗습니다. 우리 몸의 골짜기와 능선과 들판과 산줄기가 다 눈을 뜨고 일어나 햇살을 받아들일 것 같습니다.

낮에는 그 밝고 화사한 햇살 속에 앉아 냉이와 쑥을 캤습니다. 점심에 국을 끓여 먹을 만큼만 캤습니다. 손에 묻은 흙을 털 때마다 짙은 냉이 향이 툭툭 발등에 떨어집니다. 냉이를 캐다가 고개를 드니 산수유나무가 저를 가만히 내려다보고 있습니다. 저도 노랗게 꽃을 피워놓고 서 있는 산수유나무를 웃으며 바라보았습니다. 잠시 그렇게 서로 마주 바라보고 있는 것이 좋았습니다. 산수유나무에게 지금의 나에 대해 설명하지 않아도 될 듯싶습니다. 그저 말없이 바라보고 있어도 마음이 편안합니다. 미풍에 한가하게 흔들리는 모습을 보면 산수유의 마음도 평안한 것 같습니다. 알싸하게 번져오는 꽃향기를 온몸에 묻히며 산수유나무와 나란히 앉아 있는 게 좋습니다.

아는 것은 좋아하는 것만 못하고, 좋아하는 것은 즐기는 것만 못하다(知之者 不如 好之者, 好之者 不如 樂之者)고 합니다. 봄날 만난 꽃과 나무에 대해 많이 아는 것보다 꽃과 나무를 좋아하는 일이 더 중요합니다. 아니 좋아하는 것보다 중요한 것은 꽃과 나무와 함께 있는 것 자체가 즐거워야 합니다.

꽃나무만 그렇겠습니까. 사람도 마찬가지입니다. 그에 대해 많이 아는 것도 중요하지만 그가 좋아야 합니다. 아니 그와 함께 있는 것이 즐거워야 합니다. 우리가 하고 있는 일도 마찬가지입니다. 모르고서는 일할 수 없습니다. 알려고 노력해야 합니다. 그리고 좋아해야 하고 즐겨야 합니다. 인생도 마찬가지입니다.

냉잇국 끓여 점심을 먹고 생강나무 꽃 몇 송이 따서 노르스름하

게 우려낸 꽃차를 마셨습니다. 꽃차 향은 입안 가득하고, 봄 햇살은 뜰에 가득합니다. 다사로운 봄 햇살 아래 앉아 봄 산을 바라보는 동안 마음은 고요한 기쁨으로 충만합니다. 하루가 즐겁습니다.

꽃 지는 날

아침나절은 피는 꽃 지는 꽃을 보느라 다 보내고 오후에는 텃밭을 일구었습니다. 산기슭에 저 혼자 피었다 지는 나무의 꽃잎이 눈발처럼 날리는 날은 아무것도 손에 잡히지 않습니다. 마당을 점점이 덮은 산벚나무 꽃잎, 연못 위에 떨어진 연분홍 개복숭아 꽃잎, 바람을 따라 푸른 하늘로 날아가는 자두나무 배나무 흰 꽃잎을 보며 아, 아 하는 말만 되풀이하지만 그것도 입 밖으로 나오지 못하고 가슴 깊은 곳으로 꽃잎처럼 떨어집니다.

올해는 민들레가 유난히 많이 피었습니다. 아침이면 뜨락 밑에 환하게 피고 해가 지붕을 넘어가면 뒤뜰 장작더미 밑에나 바지게 아래에 줄지어 꽃을 피웁니다. 민들레는 뿌리내릴 자리를 가리지 않습니다. 돌 틈이고 구석진 뒤뜰이고 거름더미 옆에고 가리지 않고 피어 척박하고 그늘진 그곳을 환하게 바꾸어놓습니다.

민들레는 꽃이 지고 난 뒤에 씨앗으로 또 한번의 아름다운 꽃등을 만듭니다. 민들레 씨앗이 만든 동그랗고 하얀 꽃씨 다발은 모두 하나씩의 등불입니다. 먼 곳으로 흩어져 날아가기 직전에 스크럼을 짜고 침묵 속에 기도하는 형제들의 모습입니다. 햇살들도 민들레 꽃씨와 하나가 되어 먼 곳으로 함께 떠날 준비를 하며 고요한 순간 위에 머물러 있습니다.

고추를 심었던 밭가에도 민들레가 많습니다. 예기치 않은 순간에 바람이 불어와 멀리멀리 날아가는 민들레 씨앗을 바라보다 삽을 들었습니다. 부디 잘 뿌리내리기를, 아름다운 꽃이 되어 다시 만나기를 빌었습니다. 감자를 심었던 밭고랑을 삽으로 파 엎자 지렁이가 온몸을 뒤틀며 몸부림칩니다. 몸으로 내리는 따스한 볕도 싫고 환한 세상도 원치 않는다는 몸짓입니다. 내가 씨앗을 뿌릴 모든 흙은 지렁이의 몸을 통과해나오며 부드러워진 흙입니다. 밭일을 합니다. 땀을 씻느라 고개를 드니 낮달이 해사한 얼굴로 먼저 나와 있습니다.

땀에 젖은 몸을 씻느라 물을 끼얹는 동안 온갖 새들이 웁니다. 몸에 부딪히며 튀어나가는 것이 물방울인지 새소리가 방울을 이루어 모였다 흩어지는 것인지 구분이 안 갑니다. 나는 지금 새로운 땅을 찾아 민들레 씨앗처럼 날아가고 있는 것일까, 아니면 낙화가 되어 아무도 모르는 산골짝에 묻혀 잊히고 있는 것일까, 그 생각을 하는 동안에도 새는 웁니다.

나를 만나는 날

비 그치자 뜨락에 채송화 노랗게 피었습니다. 비 그치자 고추잠
자리들 몰려나와 날개를 반짝이며 날아다닙니다. 여러 날 내린 비에
눅눅해진 날개를 말리며 신나게 날아다니다가 감잎에도 앉아 쉬고,
목백일홍꽃에도 앉아 쉬며 장난칩니다. 잠자리 날아다니는 하늘에
시원한 매미 소리 가득합니다.

좋은 사람들과 좋은 만남으로 보낸 하루는 가슴 뿌듯합니다. 일
을 하면서 알게 된 사람이든 모임에서 새로 만나 알게 된 사람이든
새로운 사람을 만나는 일은 즐거운 일입니다. 수첩에 빼곡하게 적힌
일정표 속에는 반드시 사람을 만나는 일이 들어 있습니다. 좋은 사
람을 만나서 유익하게 시간을 보낸 날은 감사의 기도를 드립니다.
그러면 내 안의 하느님도 빙그레 웃으십니다.

그런데 일정표가 비어 있는 날이 있습니다. 수첩의 네모 칸 안에 2, 3일 또는 4, 5일 계속해서 만나야 할 사람과 해야 할 일이 적혀 있다가 아무것도 쓰여 있지 않은 날이 있습니다. 그런 날은 나를 만나는 날입니다. 다른 사람을 만나는 날 그를 위해 신경을 썼던 것처럼 나를 만나는 날은 나를 위해 시간을 보냅니다.

오랜만에 나를 위해 좋은 음악을 들려주고 시도 읽어주고 새로 나온 책도 권합니다. 무엇보다 맑은 바람을 오래오래 만나게 해줍니다. 산벚나무처럼 혼자 고요 속에 가만히 있게 해주거나, 편안하게 누워 계곡물 흐르는 소리를 듣게 해줍니다. 그러다 잠이 오면 한두 시간 낮잠을 자게도 해줍니다.

그렇게 하루를 보내는 동안 몸은 가벼워지고 마음도 청안해집니다. 몸에는 풀 냄새 나뭇잎 냄새가 배고 마음에는 바람 소리가 들어와 자리를 잡습니다. 눈은 초록빛 물이 들고 귀에는 새소리 풀벌레 소리가 쌓여 있습니다. 그런 냄새, 그런 소리들이 제게는 큰 재산입니다. 내가 베고 누웠던 구름, 내 귀를 씻은 물소리는 내 안에 들어와 여전히 제 빛깔 제 소리로 살아 있는 걸 느낍니다.

이런 날 내 영혼에도 날개가 있다면 잠자리처럼 맑고 투명해져 푸른 하늘 위를 떠다닐 것 같습니다. 아니 나 대신 내 안의 하느님이 더 기뻐하시며 잠자리들을 바라보십니다. 충만한 얼굴로 옥빛 하늘을 바라보십니다.

나는 텅 비어 있는 날이 좋습니다. 어떤 때는 다른 사람을 만나는 일정을 조정해서 하루를 비워둡니다. 내가 나를 만나는 일도 중요한 일정입니다. 나를 만나기로 한 날 다른 이들이 약속을 잡자고 하면 나는 중요한 약속이 이미 잡혀 있다고 말합니다. 나를 위해 시간을 보내는 것도 중요한 일정이고, 바꿀 수 없는 약속이어야 합니다. 내 안에도 내가 돌보고 배려해야 할 영혼이 있기 때문입니다.

아름다운 사람

순비기꽃은 제주도 바닷가 모래밭에서 자라는 꽃입니다. 꽃빛깔이 연한 보랏빛입니다. 아니 순하디순한 보랏빛입니다. 순비기꽃 잎도 초록이 아니라 순한 초록입니다. 나는 이런 순한 빛깔이 좋습니다. 보랏빛보다는 연보랏빛, 빨간색보다는 분홍빛, 노랑빛보다는 연노랑, 초록보다는 초록에 흰 물감을 탔을 때 나오는 빛깔이 더 좋습니다.

상사화의 매끄러운 분홍빛, 꽃잎 속은 연보랏빛인데 나팔처럼 열리면서 연하디연한 분홍빛깔로 바뀐 메꽃, 옅은 하늘색과 연보라색이 합해진 것 같은 현호색의 빛깔, 흰 꽃잎 끝에 연보랏빛 물감을 살짝 찍어 감아올린 타래난초의 빛깔 이런 것들이 좋습니다.

이런 꽃들을 보고 있을 때가 좋습니다. 아름다운 것은 바라보고 있는 것만으로도 기쁩니다. 아름다운 꽃, 짙은 그늘을 가진 숲길, 붉게 물든 단풍나무의 뿌리를 적시며 흐르는 희고 맑은 계곡물 옆에 앉아 있노라면 가슴이 벅차오릅니다.

아름다운 사람도 마찬가지입니다. 아름다운 사람은 지켜보는 것만으로도 행복합니다. 아름다운 사람과 함께 있고 함께 일할 수 있다면 그것만으로도 즐겁습니다. 인생을 아름답게 살아가는 사람을 만나면 더욱 그렇습니다.

아름다운 사람, 아름다운 꽃, 아름다운 풍경이 꼭 내 것이 아니어도 관계없습니다. 그것들이 거기 그렇게 있고, 내가 아름다운 그것을 바라볼 수 있는 것만으로도 기쁩니다. 아름다운 풍경을 자아내는 그 땅, 그 나무, 그 사람이 내 소유가 되지 않으면 아름다움도 남의 것일 뿐이라고 생각하는 사람은 불행한 사람입니다.

아름다운 집, 아름다운 꽃이 자기 소유가 되지 않아서 시기하고 질투하는 사람은 아름다움을 향유할 자격이 없는 사람입니다. 그런 사람은 아름다운 것들을 소유해도 다시 또 새로운 아름다움을 찾아 나섭니다. 소유하고자 하는 욕망이 빚어낸 결핍감은 끝내 채워지지 않습니다. 그는 아름다운 것을 차지하는 순간 다른 것을 가지고 싶어합니다.

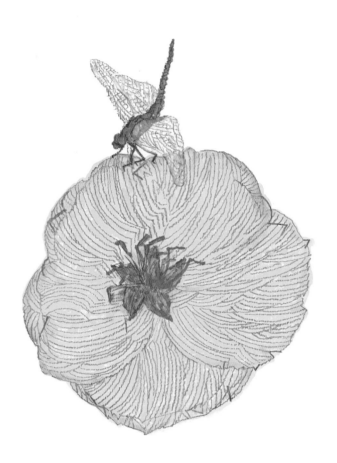

자연이 주는 아름다움, 가식 없는 사람의 진실한 언행이 보여주는 아름다움, 꾸미고 만들어낸 아름다움이 아닌 순수한 아름다움, 그런 풍경, 그런 사람을 보고 싶습니다. 자주 만나고 싶습니다. 그 아름다움에 감탄하고, 박수를 보내고, 아름다움과 하나 되어 있고 싶습니다.

소멸의 불꽃

찬란한 소멸. 소멸하는 것들이 내뿜는 찬란한 빛은 아름답습니다. 서쪽 하늘을 주홍색으로 물들이며 사라지는 노을, 존경받았던 육신을 불태우며 정점에서 천천히 사그라들기 시작하는 다비의 불꽃, 마지막까지 불타다 가는 단풍의 새빨간 손가락, 소멸하는 것들에게도 빛나는 아름다움이 있습니다.

빛나던 것들을 하나씩 내려놓으며 또 한 해가 가고 있습니다. 어제는 한 친구가 세상을 떴습니다. 중학교 동창인 그 친구는 젊은 시절 조폭들과 어울려 지냈습니다. 7, 8년 전 모두들 어려울 때 파산을 하였고, 아내는 스스로 목숨을 끊었으며, 형제들도 일찍 세상을 버렸고, 늙은 어머니와 궁핍과 병상에 함께 있던 아들 하나를 남겨놓은 채 생을 마감했습니다.

그 친구는 생의 마지막 몇 해를 하느님께 매달리며 기도하였습니다. 그리고 하느님은 친구의 기도를 들어주셨다고 했습니다. 자기보다 더 가난한 친구를 위해 기도하였는데 그 기도를 들어주셨고, 돈이 많은 형을 원망하면서 증오의 기도를 올렸는데 그 기도도 들어주셨답니다. 기도했던 대로 형이 죽었고, 불의의 사고로 죽었기 때문에 친구는 형의 부검을 하는 모습을 지켜보았습니다. 갈가리 찢기는 형의 육신을 지켜보다가 자기가 하느님께 청했던 그대로가 제 눈앞에서 일어나고 있는 것을 보며 경악했다고 합니다.

친구는 마지막 기도를 청했습니다. 그것은 용서의 기도였습니다. 자기의 목숨을 내놓고 기도했습니다. 쓸모없이 살다 가는 자신을 용서해달라는 것과 살려달라고 청하지 않을 테니 대신 아직도 할 일이 있는 친구가 병에서 벗어날 수 있게 해달라는 기도였습니다. 그 마지막 기도를 하느님께서 들어주실 것을 믿으며 친구는 병든 자신의 몸을 대학병원에 기증하고 해부용으로 내놓는다는 서약을 하였습니다. 자기를 수술해준 의사 친구에게도 그런 유언을 남겼습니다. 내가 그 친구의 전화를 받은 것은 죽기 얼마 전, 자기 몸을 기증하겠다고 서명한 다음날이었습니다.

친구는 중고등학교 때 운동선수였습니다. 후덕하고 인기 좋은 친구였습니다. 그런데 어찌어찌하다가 주먹들과 어울려 지내게 되었

습니다. 그 친구가 어느 날 공원을 지나가다가 독재정권 규탄 집회에서 연설을 하는 저를 보게 되었답니다. 살면서 그는 강하였고 저는 약했습니다. 그런데 약골인 제가 거대한 폭력과 맞서 있는 모습을 오래 서서 지켜보았고 두고두고 그 장면이 잊히지 않는다고 하였습니다. 친구가 자신의 목숨을 내려놓으면서 하느님께 마지막 기도를 한 대상은 저였습니다. 자기가 죽는 대신 저를 낫게 해달라는 기도를 하느님이 들어주고 계신다는 걸 얼마 전부터 느끼고 있다고 하는 것이었습니다.

저는 그 친구에게서도 소멸하는 것들 속에 내재한 아름다운 불꽃을 보았습니다. 내 하루하루의 목숨이 다른 이들의 기도와 소망으로 채워지고 있다는 사실에 놀랐고, 저는 누구를 위해 불타고 있어야 하는가를 생각하지 않을 수 없었습니다.

동안거

스님들이 동안거에 들어가는 겨울입니다. 숲의 나무들도 나뭇잎을 다 버리고 홀가분한 모습으로 안거에 들었습니다. 나무마다 선 채로 고요히 참선에 들어 숲은 적막합니다. 저 나무들도 햇빛과 그늘, 음과 양, 사랑과 미움, 동과 정, 자기와 타자의 문제로 번뇌와 갈등이 많았을 겁니다. 선정에 든 겨울나무 곁에서 나는 사랑의 화두를 만지작거리고 있습니다.

나는 사랑하는 이의 손을 잡고 그의 어디에 이르고자 하는 것일까요. 그는 내 가슴을 안고 나의 어디에 도달하고자 하는 것일까요. 내가 이르고자 하는 곳은 그의 전부일까요. 한순간일까요. 부드러운 살과 따뜻한 영토를 지나 내가 도달한 곳은 그의 어디일까요. 내가 머문 곳은 그의 심장 가장 깊은 곳일까요, 섬 기슭일까요. 그가 도착

한 곳은 내 생의 한복판일까요, 아슬한 벼랑일까요. 내가 이른 곳이 그가 아니라 나인 것은 아닐까요. 내가 사랑하고 있는 것이 그이면서 나인 건 아닐까요. 나를 확인하고 싶어서 그를 사랑하는 건 아닐까요.

오늘도 밀물처럼 밀려왔다가 썰물처럼 빠져나가는 사랑의 갯벌에 서서 밀려오고 밀려가는 사랑의 물결에 대해 생각합니다. 내일다시 사랑으로 끌려가게 될 내 몸과 마음을 바라봅니다. 살아 있는동안 멈추지 않을 이 물결이 우리에게는 중요한 삶의 화두입니다. 사랑은 우리 생을 행복으로 데리고 가는 나룻배이면서 고통으로 덮어버리는 해일이기 때문입니다.

그러나 예수는 너무 큰 사랑만을 말씀하시고 부처는 사랑을 없는 것으로 여기라 하십니다. 보통 사람인 우리에게 사랑은 손에 쥐고 있는 아프고 구체적인 물건인데 말입니다. 사랑은 크나큰 희생이고 가없는 자비이지만 우리 같은 속인들에게는 하루 세끼 밥처럼 나날의현실입니다. 사랑은 수신修身의 종교이지만 우리에게는 안신安身의철학이기도 합니다. 우리에게 사랑은 돈오점수의 험난한 길입니다.

사랑을 통해 행복에 이르기도 하고 사랑 때문에 평생을 고통 속에 살기도 합니다. 그래서 어찌 보면 그에게 이르는 길은 수신의 길인지도 모릅니다. 그의 몸을 지나 그의 마음과 함께 그에게 이르는 길이 깨달음의 길이기도 합니다. 그래야 내가 누구인지 생의 궁극이 무엇인지를 어렴풋이 알게 됩니다. 그런데 스님들은 겨우내 중생의 번뇌 심지인 사랑을 화두로 삼지 않고 늘 그보다 더 큰 것만 붙들고 계십니다. 다람쥐도 개구리도 벌레들도 다 안거에 들어간 숲에서 나무들은 말없이 서 있고 산은 돌아앉아 있습니다. 시퍼런 하늘도 말이 없는데 나는 오늘도 묻고 있습니다.

"그의 몸, 그의 가슴을 지나 내가 이르고자 하는 곳은 어디일까요?"

산짐승 발자국

산짐승들은 발자국으로 말을 합니다. 그들의 발자국은 가지런합니다. 몸가짐이 늘 단정하기 때문입니다. 그들의 발자국은 한 줄로 길게 나 있습니다. 그들은 자기가 정한 곳으로만 걸어가기 때문입니다. 어둠 속에서나 잡목숲에서도 자주 다니는 길이 있어 그 길로 다닙니다. 그들의 발자국은 눈 위에 일정한 간격으로 찍혀 있습니다. 한 걸음 한 걸음 신중하게 걷기 때문입니다. 눈 위에 찍힌 발자국의 깊이도 똑같습니다. 움직임이 침착하기 때문입니다. 짐승들이 난삽하게 행동하고 경박하게 이리저리 몰려다닐 것이라는 생각은 우리의 편견입니다.

겨울 아침에 자고 일어나면 문밖에 나가 밤사이 누가 다녀갔는지 살펴봅니다. 골짜기 아래쪽에 사는 너구리나 삵이 마당을 가로질러 가거나 집 주위를 에돌아가는 발자국은 많아도 방문 바로 앞까지 와서 서성대는 발자국은 흔하지 않습니다. 사람이 거처하는 집이니까 경계심을 가질 수밖에 없을 것입니다.

그런데 오늘은 방문 바로 앞에 발자국이 많이 찍혀 있습니다. 그 발자국을 보다 문득 사랑하는 이의 집 근처를 서성이던 젊은 날이 떠오릅니다. 목숨을 걸어야 하는 일인 줄 알면서도 외로움과 그리움으로 거기까지 가 지치고 허기진 발자국을 찍으며 집 주위를 맴돌던 가파른 밤이 우리에게도 있었습니다.

하얗고 곱게 쌓인 눈 위에는 함부로 발자국을 찍지 못합니다. 그래서 눈 내린 날에는 나도 꼭 다녀야 하는 길에만 발자국을 내고 그 발자국을 밟으며 다닙니다. 그러나 사냥꾼과 사냥개의 발자국은 다릅니다. 눈 위에 어지럽게 찍혀 있어서 바로 표시가 납니다. 겨울 산을 바라보는 탐욕스러운 눈, 짐승을 사냥해서 고기와 피를 취하고자 하는 욕심이 발자국에도 그대로 찍혀 나타납니다.

올겨울은 유난히 더 춥고 눈도 많이 내렸습니다. 눈이 녹을 사이도 없이 그 위에 또 눈이 쌓이고 눈보라가 몰아치는 날도 많았습니다. 먹을 것을 구하지 못한 고라니들은 낮에도 집 근처를 돌아다닙니다. 어제는 시내 나갔다 돌아오는 길에 반찬거리를 사가지고 오면서 짐승들 먹을 것도 사야겠다고 생각했습니다. 눈이 녹지 않아 동네 입구에 차를 세우고 눈길을 걸어와야 하기 때문에, 찬거리를 많이 살 수 없었지만 채소와 배추 몇 포기를 샀습니다. 무나 과일을 집 주위에 내다놓았지만 사람 손 냄새가 묻어 있어 짐승들이 잘 먹지 않았습니다. 그래서 장갑을 끼고 배춧잎과 채소를 텃밭에다 흩어놓았습니다. 짐승들이 이것이라도 먹고 허기를 조금 덜 수 있으면 다행이겠다 싶습니다.

제일 작은 집

쓴바귀꽃이 노랗게 피었습니다. 아까시꽃이 피워내는 마지막 다디단 향기가 머리 위를 하얀 천 자락처럼 맴돌고 있습니다. 지난 일요일 권정생 선생님이 돌아가셔서 안동엘 다녀왔습니다. 조탑리에 있는 선생님 집은 우리나라에서 제일 작은 집입니다. 다섯 평짜리 흙집. 『몽실언니』와 『강아지똥』 같은 훌륭한 작품을 쓰신 우리나라 어린이 문학의 가장 큰 어른은 평생 가장 작고 초라하고 비루한 집에서 살다 돌아가셨습니다.

우리는 너무 큰 집에서 살고 있습니다.

댓돌에는 선생님의 고무신 한 켤레가 가지런히 놓여 있었습니다. 나는 그 고무신을 보고 울었습니다.

우리는 너무 많은 것을 가지고 있습니다. 많은 것을 가지고 있으면서도 늘 부족하다고 느끼며 살고 있습니다.

추녀 밑에는 씨앗으로 쓰려고 보관해온 옥수수 여남은 개가 매달려 있었고 평상에는 보리건빵과 뻥튀기 과자 한 봉지가 있었습니다.

우리는 너무 많은 것을 먹고 있습니다. 그러면서도 더 맛있는 것, 더 기름진 먹을거리를 찾고 있습니다.

선생님의 집 뒤에는 보랏빛 엉겅퀴꽃이 가득 피어 있었는데 그중한 송이는 마루 끝에 와 서서 주인 없는 빈 마당을 지키고 있었습니다. 선생님 집은 그 엉겅퀴꽃만으로도 아름다웠습니다.

우리는 너무 많은 꽃, 너무 많은 것들로 집 안팎을 장식하고 있습니다.

선생님은 혼자 사시는 동안 쥐가 들어와 옷 속에서 잠을 청하면 그냥 거기서 자도록 내버려두셨습니다. 혼자 주무시기에 무섭지 않느냐고 어린이들이 물으면 오른쪽에는 하느님 왼쪽에는 예수님이 함께 주무시기 때문에 무섭지 않다고 하셨습니다.

가난하고 작고 낮고 비천한 삶을 선택하신 선생님의 오른쪽에 늘

선생의 집 뒤에는
보랏빛 엉겅퀴꽃이
가득피어있었는데
그중 한송이는 마르끝에
와서서 주인없는 빈
마당을 지키고
있었읍니다
제일 작은집 · 도종환
2017 이 2 3 이인

하느님이 함께 계셨을 거라고 저는 믿고 있습니다.

"하느님은 이 세상에 쓸모없는 것은 하나도 만들지 않으셨다"라고 선생님은 말씀하셨습니다. 새들도 침을 뱉고 가고 흙덩이조차도 외면하는 강아지똥도 고운 민들레꽃을 피운다고 말씀하셨습니다. 선생님은 가시면서 자신이 지니고 있던 것, 앞으로도 계속 생기게 될 인세와 책을 통한 수입 전부를 굶주리는 북한 어린이들을 위해 써달라고 유언을 남기셨습니다.

우리는 내가 가진 것을 오직 내 자식 내 가족에게만 물려주려고 끌어안고 있는데 선생님은 아무것도 소유하지 않고 한 줌 재가 되어 가셨습니다.

우리는 선생님을 추모한다고 몰려가 뜨락의 민들레꽃만 짓밟아 놓고 돌아왔습니다.

권정생 선생님,
가장 순결하고 맑고 높은 정신을 지녔으면서도 가장 비천하고 남루하고 외롭고 병든 모습으로 살다 가신 권정생 선생님,
선생님을 생각하면 울음도 눈물도 민망할 뿐입니다.

3부

오늘 하루를
아름답게 사십시오

나는 지금 고요히 멈추어 있습니다

　바위 위에 고요히 눈을 감고 앉아 있습니다. 고요 속에서 나도 없고 생각도 없이 있습니다. 내가 멈추자 시간도 멈추어 있는 것 같습니다. 나도 그냥 바위의 일부가 되어 앉아 있습니다. 바람이 골짜기를 따라 내려와 남쪽 언덕을 넘어갑니다. 바람이 지나가는 길을 따라 나뭇잎이 흔들리듯이 나도 머리칼을 바람에 맡기고 앉아 있습니다. 바람이 아무런 막힘이나 걸림 없이 나를 지나갑니다. 내가 있다는 걸 어디에서도 느끼지 못하고 그냥 나를 지나가는 것 같습니다.

　나는 빈 밭처럼 있습니다. 갈지도 않고 일구지도 않고 씨를 뿌리거나 농사를 짓지도 않습니다. 몇 해에 한 번씩은 그냥 밭을 밭으로 놓아두어야 할 때가 있는 것처럼 나도 나를 그냥 빈 밭처럼 놓아두고 있습니다. 이 흙의 몸속에서 계속 무언가를 수확하지 않으면 안 된다는 강박에서도 밭을 풀어주고, 잠시도 멈추지 말고 거두어들이고 거둔 것을 나누어주지 않으면 안 된다는 의무감에서도 나를 놓아줍니다.

화엄의 숲에서 나와 해인의 초막으로 갑니다. 나무가 되어 다른 나무들과 함께 숲을 이루고 그 숲 안에 대동세상을 만들어가고자 지난 몇십 년 가슴 벅차고 힘들고 기뻤으나, 심신에 병이 들어 쫓기듯 해인을 찾아갑니다. 해인. 바닷물에 과거의 나, 현재의 나, 미래의 나까지 다 비쳐 해인이려면 풍랑이 가라앉아야 합니다. 번뇌의 물결, 지나친 욕심의 파도, 끝없는 밀려오는 소유에 대한 집착, 헛된 명예와 허영에 매달리는 어리석음의 밀물에서 벗어나야 합니다. 고요하고 고요해진 바다에 맑은 내 얼굴이 초승달처럼 비칠 때 그 해인의 삼매에서 다시 화엄의 세상을 향해 몸을 돌려야 합니다. 본래 화엄의 큰 눈을 뜨기 직전 가장 깊은 순간이 해인입니다. 그러나 나는 아직 해인에 이르지 못하였습니다. 화엄의 문을 열고 나와 해인을 향해 길을 나섰으나 해인에는 이르지 못하고 이렇게 산중턱에 앉아 있습니다.

나뭇잎을 쓸고 가는 바람 소리가 물결 소리 같습니다. 바람 소리가 철썩이며 숲 위를 지나갑니다. 나무들도 버려야 할 것이 있는 걸까요. 그래서 저렇게 철썩이고 있는 걸까요. 나무들도 탐욕스러운 데가 있을까요. 나무들도 살기 위해 분노하고 다른 나무들을 해치고 그럴까요. 저만 살려 하다가 제가 먼저 쓰러지는 어리석은 짓을 할까요. 그렇다면 나무들도 업의 윤회에서 자유롭지 못할 겁니다. 침

넝쿨을 치렁치렁 매달고 있던 나무, 다래 넝쿨에 감겨서 자유롭지 못하던 나무, 으름덩굴을 제 열매처럼 달고 잠시 허영의 계절을 살아가던 나무들이 겨울에 폭설이 내리면 바로 그 넝쿨을 버리지 못한 것 때문에 넝쿨 그물 위에 눈덩이를 짊어지고 있다가 그 무게에 눌려 가지가 부러지거나 꺾이는 걸 보았습니다. 그런 걸 보면 나무도 다 저마다 두터운 제 업장이 있는 것 같습니다.

그러나 사람에 비할 수는 없습니다. 아무리 나무가 욕심을 지니고 있다 하더라도 사람처럼 탐욕스럽지는 않을 겁니다. 아무리 나무들이 어리석다 할지라도 사람들처럼 어리석지는 않을 겁니다. 제가 잘되기 위해서라면 어떤 모함도 술수도 모략도 폭력도 다 동원하는 사람처럼 모질지는 않을 겁니다. 그런 사람들도 고요히 돌아와 앉아 자신과 만나는 시간을 하루에 한 시간씩만 갖는다면 부끄러움도 알고 뉘우칠 줄도 알 겁니다.

마음이 평화로워지고 깨끗해지고 아름다워지게 하기 위해 하루에 한 시간씩만 투자할 수 있다면 아름다운 사람이 될 수 있을 겁니다. 정신적으로 풍요로워지고 넉넉해진 사람이 되어 하루를 살 수 있을 겁니다. 지금보다 내적으로 충만하고 값진 삶을 살 수 있는 방법이 있다면 나는 그 길을 택하고자 합니다. 몸을 위해 그렇게 많은 시간을 투자하는 사람들이 있는 것처럼 하루 한 시간 내적인 풍요로움을 위해 나는 이렇게 나를 고요 속에 맡겨둡니다. 그러면 바람이 나를 맑게 씻어주고 부드럽게 매만져줍니다. 햇빛이 내려와 내 안을 가득 채우고 따뜻하게 합니다. 바람 속에 햇빛 속에 나는 지금 고요히 멈추어 있습니다.

찢어진 장갑

봄비가 지나가고 난 다음날, 맑고 청아해진 것 중의 하나가 새소리입니다. 비에 깨끗하게 씻긴 바람을 들이마시고는 힘차게 뱉어내는 산꿩의 울음소리가 산골짝 위에서 길게 빗금을 그으며 내려옵니다. "구구꾹구!" 산비둘기 소리는 노래를 아는 울음소리입니다. 시인의 가락입니다. 세번째 음절이 '꾹'과 '꿔'의 중간 소리쯤으로 들리는데, 네 마디로 울면서 세번째 소리를 다르게 내는 게 시와 노래의 기본인 걸 산비둘기도 아는가봅니다. 뒷마당에 나가 손도끼로 삭정이나무를 자르는데 다람쥐가 쪼르르 달려나와 바위 사이에 고인 연못물을 마시고 갑니다. 치켜세운 꼬리가 가뿐하게 흔들리며 숲속으로 사라집니다.

어디선가 "선샘선샘선샘" 하며 빠르게 부르는 새소리가 들립니다. 도끼질을 하다가 반사적으로 고개를 들어 살펴보니 새는 보이지 않고 빈 나뭇가지만 바람에 흔들립니다. 두충나무 꼭대기에도 낙엽송 끝에도 새는 안 보이는데 분명히 그렇게 들렸습니다. "선생님선생님선생님" 하는 소리. 처음 들어보는 새소리였습니다. 한참 빈 하늘을 바라보았습니다.

그 새소리 때문이었을까요. 참나무 잔가지를 치다가 잘못하여 도끼날 끝이 장갑을 스치고 지나갔습니다. 검지손가락 끄트머리 부분이 손톱 길이만큼 찢어졌습니다. 비록 허름하지만 손에 착 맞는 장갑이라서 지난 몇 달간 참 고맙게 함께 지내왔는데 아까웠습니다. "에이!" 하는 소리가 바로 입에서 튀어나왔습니다. 그러다 순간 용타 스님 말씀이 떠올랐습니다. '―구나, ―겠지, ―감사' 하라는 가르침. '장갑이 찢어졌구나.' '내가 잠시 딴생각을 해서 그렇게 되었겠지.' '장갑이 아니었더라면 손가락을 크게 다쳤을 게 아닌가. 장갑 덕분에 손을 보호할 수 있었으니 얼마나 고마운 일인가.'

그렇게 생각이 이어져나갔습니다. 용타 스님은 우리가 겪는 모든 일을 앞에 두고 그렇게 '―구나, ―겠지, ―감사' 하는 마음으로 바꾸어 가지면 평화를 잃지 않는다고 하십니다. 즉, 한순간에 깨어 있으라는 것입니다. 그것이 괴로운 일이든 기쁜 일이든 그 사실을 있는 그대로 바라보라 합니다. 사실을 그냥 그대로 바라보는 힘을 기르는 것만도 중요한 수행이라는 것입니다. 그렇게 바라보고 생각하는 관행觀行이 습관이 될 수 있다면 우리는 늘 평화로운 마음으로 살 수 있다는 것입니다.

지난번 빗길에 밤의 피반령 고개를 넘을 때였습니다. 바로 앞에 가는 차가 아주 서행으로 운전을 하는 것입니다. 내 뒤로 많은 차들이 라이트를 비추며 길게 꼬리를 물고 따라오고 있었습니다. 대여섯 구비를 돌아 내려갈 때쯤에는 더는 못 참겠다는 듯이 상향등을 깜빡이는 차도 있었고, 어떤 차는 클랙슨을 누르기도 하였습니다. 결국 두 대는 추월을 하며 앞질러 갔습니다. 그러나 내 앞차가 그렇게 천천히 가는 데는 무슨 이유가 있었을 것입니다. 밤의 빗길을 안전하게 가야겠다고 생각했거나 아직 운전이 미숙하기 때문일 수도 있습니다. 그때 나는 그 차의 뒤를 따라가며 '앞차가 아주 천천히 가는구나.' '무슨 사정이 있겠지.' '덕분에 안전하게 갈 수 있으니 감사해야 할 일 아닌가.' 하는 생각을 했습니다. 물론 앞질러 가는 차 역시 빨리 가야 하는 급한 사정이 있겠지 하고 생각했습니다. 또 경우에 따라서는 나 역시 천천히 가는 다른 차를 앞질러 가야 하는 때도 있을 것입니다. 문제는 어떤 경우에도 그런 것들로 인하여 내 마음의 평화를 잃지 않고 남을 미워하거나 욕하며 나 스스로를 불태우는 어리석음에 빠지지 않아야 한다는 것입니다.

인간은 선하지 않다고 해서 악한 것이 아닙니다. 아름답지 않다고 해서 100퍼센트 추한 것은 아닙니다. 누구나 선함과 악함, 아름다움과 추함, 진실됨과 거짓됨, 탐욕스러움과 비운 마음, 옳은 마음과 그른 마음, 지혜로움과 어리석음을 함께 지니고 삽니다. 이 중에어느 쪽이 더 많고 다른 쪽이 적은 것입니다. 성인도 이 중에 선한마음만을 지니고 있고 다른 마음은 없는 게 아니라 바르지 못하고어리석고 모진 마음이 남아 있으나 그것이 순화되고 최소화한 상태로 있는 것입니다. 우리도 살면서 우리가 노력하고 애쓴 만큼 그쪽으로 깊게 기울어가는 것입니다. 그러면서 상대적으로 다른 쪽이 적어지는 것입니다.

살면서 가능하다면 매사를 '─구나, ─겠지, ─감사'하는 마음으로 살자는 것도 덜 어리석고 덜 분노하고 덜 포악하고 덜 추한 모습으로 살아가자는 것입니다. 나는 손도끼에 찢어진 장갑을 버리지 않았습니다. 오늘도 그 장갑을 끼고 나무를 합니다. 도리어 고맙게 여기며 바라봅니다.

그대 언제 이 숲에 오시렵니까

아침 내내 뻐꾸기가 웁니다. 뻐꾸기 소리를 들으며 한 송이씩 깨어나기라도 한 것처럼 하얀 찔레꽃이 여기저기 무더기를 이루며 피었습니다. 지난주에 병아리 열 마리가 알을 깨고 나왔습니다. 껍데기를 깨고 나와 어미 닭의 품속에 몸을 묻고 얼굴을 밖으로 내민 채 두리번거리는 까만 눈동자가 얼마나 앙증맞고 귀여운지 자리를 뜰 수가 없었습니다. 3주간을 꼼짝도 않고 앉아 알을 품고 있는 어미 닭의 모습을 바라보며 단순히 본능적인 모성만으로는 다 설명할 수 없는 생명에 대한 진지하고 뜨거운 자세 같은 것을 느꼈습니다. 병아리들이 알에서 깨어난 날은 다른 암탉이 병을 이기지 못하고 품던 알 옆에서 쓰러져 죽어 마음 우울하던 그다음 날이었습니다. 죽은 암탉과 그 닭이 품고 있던 알들을 함께 뒤뜰에 묻어주고 난 다음 날 새로운 생명들이 태어나는 걸 보며 이렇게 이어져가는 생명의 끈을 외경스러운 마음으로 지켜보았습니다. 열 마리 중에는 죽은 암탉이 전에 낳았던 알을 지금 이 어미 닭이 대신 품어서 깨어난 병아리들이 있거든요.

이 숲속에 와서 살면서 내가 바꾸어 가진 생각 중의 하나가 내 앞에 존재하는 사물들을 먹을 것으로 바라보지 말자는 것입니다. 동물은 물론이고 나무와 곤충과 새 들 하나하나가 저마다 소중한 생명과 자연성을 지닌 작은 우주라고 생각하기로 했습니다. 지난번엔 나물 뜯으러 온 할머니들이 집 주위에 온통 먹는 나물이 가득한데 왜 이렇게 그냥 두고 있느냐고 하면서 따라오라고 하여 그분들을 따라갔었습니다. 먹는 나물 이름과 약에 쓰이는 식물들을 자세히 가르쳐주는 노인들을 따라다니며 나물을 뜯다가 중간에 멈추었습니다. 할머니들이 가르쳐주는 걸 다 배워 알게 되면 산천이 온통 먹을 것으로 보일까 두려워서였습니다. 자연을 그저 자연으로 대하면서 자연과 함께 있으려 하지 않고 자연에서 내가 무엇을 얻을 것인가 하는 것만 생각한다면 나는 나물 장수나 나무꾼에 지나지 않을지 모릅니다. 자연에서 무엇을 얻으려고 하지 않아도 자연은 우리에게 많은 것을 줍니다.

사람들이 사막과 같은 도시의 황량함을 피하여 자꾸만 숲과 산과 흙과 나무와 물과 새와 바람 소리가 있는 곳으로 오고 싶어하는 이유는 자연에서 물질적인 것을 얻을 수 있기 때문이 아닙니다. 사막

과 같은 도시에서는 살아남아야 한다는 강박관념과 일사불란한 지휘 통제를 따라 한 손에는 경전, 다른 한 손에는 무기를 든 채 잠시도 긴장을 늦추어서는 안 되는 삶을 살아야 합니다. 지키지 않으면 안 되는 수많은 계율과 법칙이 있고 도처에 원수가 숨어 있으며 대립과 경쟁과 싸움을 피할 수 없기 때문에 늘 긴장하며 살아야 합니다. 그러나 숲에는 원수가 없습니다. 뺏고 빼앗기고 지배하고 짓밟는 싸움이 아니라 서로 하나가 되어 함께 공존하는 일체감과 원융합일의 세계가 있습니다. 원수 대신 내 안의 어둠을 걷어내고 찾아내야 할 신성이 내 속에 있습니다. 내 안에도 있고 나무에게도 있고 병아리를 품고 있는 어미 닭에게도 있는 아트만, 저마다의 하느님이 있습니다.

우리가 이 세상에 태어난 뒤에 비로소 눈을 뜨고 바라본 세계는 사막의 모래벌판이 아닙니다. 푸른 나무와 그 나무를 품어 안고 있는 산과 파란 하늘을 가로질러 가는 구름과 사랑하는 사람들의 얼굴과 다정다감한 눈동자였습니다. 우리가 처음 들은 소리는 원수의 목소리가 아니라 사랑하는 이의 음성이었기 때문에 우리는 늘 나를 사랑하는 이의 목소리를 그리워하는 겁니다. 어머니의 자장가이기도 하고 신의 음성이기도 하고 나를 정말로 소중하게 여기어주던 사람들의 마음에서 울려나오던 소리이기도 한 그런 소리를 그리워하는 것입니다.

지치도록 도시의 벌판과 모래 먼지 사이를 헤매다가 문득 정신이 들면 자꾸만 짐을 싸서 숲과 나무와 물과 흙이 있는 곳을 찾아 떠나고 싶어하는 이유도 그게 내가 처음 본 풍경이기 때문입니다. 내가 늘 돌아가고 싶어하는 풍경이기 때문입니다. 사람들이 웰빙이라고도 하고 다운시프트라고도 하고 전원생활이라고도 하는 말속에는 근원의 고향을 찾아가 거기서 여유와 사랑과 평화와 편안함과 정신적인 만족이 가득한 삶을 살고 싶은 갈망이 있는 것입니다.

저는 지금 숲에 있습니다.
그대 언제 사막을 떠나 이 숲으로 오시렵니까.

봄의 줄탁

　참 신기한 일입니다. 지난해 말 연극 연출을 하는 친구 ㅂ이 희곡에 넣을 시에 대한 상의를 하기 위해 집에 찾아오면서 장미꽃 한 다발을 가지고 왔습니다. 그때가 12월 하순이었습니다. 집 주위에 늘 꽃이 피고 지니까 구태여 방안에 꽃을 꽂아놓을 필요를 느끼지 못해 그냥 양동이에 담아놓았다가 마침 누가 작은 질항아리를 주셔서 거기다 꽂아놓았습니다. 방안에 꽃을 꽂아놓기는 처음이었습니다.

　대개 집안에 사다놓은 여느 꽃처럼 한 열흘 피어 있다 서서히 지겠지 하고 생각했습니다. 생각한 대로 꽃은 조금씩 시들기 시작했습니다. 그렇게 해가 바뀌고 겨울은 깊어갔습니다. 가끔씩 한파가 몰아치기도 하고 천지가 다 꽁꽁 얼어붙어 꽃이 있는 창가와 방안 사이에 커다란 커튼을 쳐서 외풍을 막았습니다. 커튼으로 거실의 반을 막음으로 해서 꽃이 있는 창 쪽은 더 추웠습니다. 겨우내 바닥에 불기운 하나 들어가지 않는 냉골이었습니다. 다만 낮에 커튼을 걷으면 겨울 햇살이 창 가득 들어와 그 온기로 언 방바닥이 좀 녹곤 했습니다. 나도 추위를 견디느라 의자에 앉아서도 무릎 담요를 어깨에 둘러쓰고 있었습니다.

그렇게 1월이 가고 2월이 갔습니다. 그런데 장미는 언제부턴가 더이상 시들지 않고 그 상태를 유지하고 있었습니다. 그러다 3월이 되면서는 줄기에 싹이 돋기 시작하였습니다. 싹은 자라서 초록의 잎을 피웠습니다. 줄기마다 앙증맞고 예쁜 새의 부리 같은 잎을 내었습니다. 항아리에 꽂아둔 줄기에서 새순이 돋고 푸른 잎이 자라다니 신기한 일이었습니다. 연약한 장미 줄기에 무슨 힘이 숨어 있어 삼동의 추위를 견디며 살아남아 새잎을 내는지 경이롭기까지 하였습니다.

황톳집이라서 거기서 나오는 원적외선의 힘이 허리 잘린 꽃을 살아나게 하는 건지 아니면 벽 한쪽이 커다란 통유리로 되어 있기 때문에 창을 통해 들어온 햇살이 온실처럼 온기를 불어넣어주기 때문인지, 낮은 온도, 통풍, 습도 그런 것의 조화가 꽃을 살리고 있는 건지 이런저런 생각을 해보지만 내 과학 상식으로는 대답을 찾을 수 없었습니다.

그러나 그 모든 것들이 꽃에게 생명의 힘으로 작용하기 때문에 꽃은 초록의 빛을 뿜어내는 것이겠지요. 무엇보다 꽃 내부의 생명의 파장이 늘 멈추지 않고 살아 움직이고 있기 때문에 새로운 이파리를 내는 것입니다.

생강나무 꽃봉오리가 움트고 쥐똥나무 꽃봉오리가 좁쌀만하게 몸을 열고 나오는 것을 보면서 이건 우주의 줄탁이란 생각이 들었습니다. 줄탁이란 알에서 병아리가 나오려고 연약한 부리로 알 껍데기를 톡톡 쫄 때 밖에서 어미 닭이 그걸 알고 동시에 알 껍데기를 부리로 쪼아 알을 깨고 나오게 만드는 것을 말합니다. 아직 안에서 준비가 되지 않았는데 어미가 알을 쪼면 병아리는 죽고 맙니다. 알 속에 있는 생명도 나올 준비가 되고 어미도 그때를 놓치지 않아야 줄탁이 이루어지는 것이지요.

매화나무고 산수유나무고 개나리고 안에서 끊임없이 살아 꿈틀대며 밖을 향해 생명의 입김을 뿜어낼 때 우주가 그걸 알고 봄의 부리로 톡톡 쪼아 꽃봉오리가 열리게 하는 것 같습니다. 봄이 그 따뜻한 부리로 쪼고 간 자리마다 돋아나는 풀, 피어나는 꽃을 보며 생명의 크나큰 힘에 대한 외경심을 갖지 않을 수 없습니다.

해월 최시형 선생은 물물천 사사천物物天 事事天이라 했습니다. 자연 만물 하나하나마다 한울님 아닌 것 없고 일마다 한울님 아닌 것

없다는 말입니다. 우주의 힘이 아니면 어떻게 겨울을 이기고 메마른 가지에 꽃 한 송이가 앉을 수 있단 말입니까. 거기 꽃 한 송이 속에 하느님이 앉아 계시는 게 아니라면 어떻게 저렇게 생명으로 충만할 수 있단 말입니까. 그래서 경물敬物하라고 했습니다. 천지의 자연 만물 하나도 소중한 생명이요 작은 우주가 거기 깃들어 있는 것이므로 공경할 줄 알아야 한다는 것입니다. 함부로 대하지 말아야 한다는 것이지요. 사물도 그렇다면 사람의 생명이야 얼마나 더 소중한 것이겠습니까. 당연히 경인敬人해야 합니다. 사람을 존중하고 하늘을 공경해야 합니다. 경천敬天해야 한다는 것입니다.

뿌리 잘린 장미도 겨울을 이기고 꽃을 피우며 다시 살아나는 집에서 내가 함께 살았다는 생각을 하자 내 안에서도 푸른 생명의 이파리가 돋는 게 느껴졌습니다. 그동안 우주의 부리로 내 병든 껍데기를 톡톡 쪼고 있는 걸 내가 알아듣지 못하였던 것입니다. 줄탁동시啐啄同時. 그렇습니다. 나도 힘차게 내 껍데기를 깨고 일어서야 합니다. 천지가 이미 자기 껍데기를 깨고 나온 것들로 가득하지 않습니까.

주는 농사

며칠째 봄볕이 따뜻합니다. 따뜻한 봄볕을 담뿍 받고 앉은뱅이 민들레 몇 송이가 노랗게 피었습니다.

일요일에는 텃밭에 상추와 근대와 아욱 씨를 뿌렸습니다. 작년에도 이 텃밭에 채소를 심었는데 여름부터 가을까지 먹고도 남아서 그냥 쇠어버린 것들도 많았습니다. 도라지밭을 매면서 집주인 김선생은 집에 손님이 오면 누구든지 한 보따리씩 뜯어가게 해야 한다고 내게 몇 번씩 당부하였습니다. 지난해에 보니까 그렇게 하고도 밭에는 늘 채소가 가득했습니다. 그래도 계속 새잎이 올라옵니다. 일찍 상추가 떨어지면 한 번 더 갈자고도 합니다. 오는 사람들마다 가져갈 수 있도록 비닐봉지도 많이 사다놓기로 하였습니다. 나 혼자 하루에 먹을 수 있는 양이 치마상추, 겨자상추, 쑥갓, 치커리, 깻잎

다 합쳐서 스무 잎도 안 됩니다. 남는 걸 시장에 내다 팔까 하고 생각도 해보았지만 그러려고 짓는 농사는 아닙니다.

지금 이 농사는 주는 농사입니다. 우리 먹고 남는 건 주위 사람들에게 나누어주려고 짓는 농사입니다. 좀 한가한 소리로 들릴지도 모르지만 농사를 지어서 먹을거리를 해결하려는 목적과 함께 병든 몸과 마음을 다스리려는 뜻도 있습니다. 생계 수단으로 농사를 짓는 이 동네 사람들도 웬만하면 그냥 주는 일에 익숙해져 있습니다. 고개 너머 목장 주인은 농사에 서툴기 그지없는 우리가 무슨 부탁을 하면 만사 제쳐놓고 자기 일처럼 처리해줍니다. 거름이 필요하다면 외양간에서 거름을 실어다 주고 땔나무가 부족해 보이면 나무를 경운기로 하나 가득 실어다 줍니다. 도움을 요청하러 간 우리들에게 산에서 방금 받아가지고 내려오던 고로쇠나무 물 한 통을 그냥 가져가라고 줍니다.

그러나 한 번도 우리가 너희에게 이렇게 베풀었으니 너희도 주는 게 있어야 할 게 아니냐고 요구하는 적이 없습니다. 그저 베풀고 나서 술 한잔 마시고 마실 온 것처럼 놀다 가면 그것으로 끝입니다. 여기서 만나는 이 사람들의 사는 모습, 마음 씀씀이, 사심 없이 베푸는 삶의 태도를 옆에서 지켜보는 동안 도시에서 경계하고 의심하며 살던 삶의 태도가 저절로 무장 해제 되는 것을 느낍니다.

남이 내게 베푼 것은 고마워하되 내가 베푼 것은 잊어버리고 오래 기억하지 않는 삶, 나의 잘못에 엄격하되 타인의 잘못은 관용하는 태도, 내 욕망은 다스리고 절제하지만 남의 욕망은 이해하는 마음, 신념을 지니고 살아가되 내 신념이 남에게 무기처럼 강요되지는 않는 세계관, 남이 인정받는 것은 기뻐하지만 내가 인정받지 못한 것을 서운해하지 않는 마음, 내가 불행을 겪을 때는 인과를 살피면서 참회하지만 타인의 불행에 대해서는 같이 아파하는 마음, 있는 것을 너무 드러내려고 하지 않지만 그렇다고 없는 것은 아닌 삶. 용타 스님은 이런 삶의 태도의 바탕이 되는 것을 양중兩中의 원리라고 합니다.

모순된 듯하면서도 모순을 뛰어넘는 이 원리가 어려워 나도 다 이해하는 것은 아니지만 양비론이나 양시론에만 익숙해져 있던 사람들에게 중용의 가르침이면서 중용을 넘어서는 도가 이런 게 아닌가 하는 생각을 혼자 해보았습니다.

우리는 내가 남에게 베풀었는데 도움을 받은 사람이 고마움의 표시를 하지 않으면 금방 서운해합니다. 서운함이 미움으로 변하기도 해서 베풀고 나서 기쁜 마음으로 사는 게 아니라 상처받으며 사는 경우가 있습니다. 베풀고 난 뒤 마음이 기뻤으면 그것으로 이미 받을 만한 것을 받은 것입니다. 그러면 되는 것입니다. 내가 욕망에 따라 행동한 것은 그럴 만한 이유가 있기 때문에 당연히 이해받아야 한다고 생각하면서, 다른 사람이 욕망을 다스리지 못한 행동은 금방 손가락질합니다. 내가 이해받고 싶었으면 남들도 분명히 그럴 겁니다. 내가 인정받지 못한 것은 남들의 안목이 부족해서라고 생각하면서 남이 인정받는 것을 보면 질투심이 끓어오르는 때가 있습니다. 질투심은 거기서 그치지 않고 배척과 배타의 성을 쌓아 그가 고립되도록 만들기도 하고, 그러는 동안 내 몸에 풀리지 않는 화가 쌓여 나를 괴롭히기도 합니다. 그저 깨끗이 마음을 비우고 축하의 말 한마디만 해주었으면 그것으로 끝났을 것을 말입니다.

나와 생각이 같지 않으면 5분도 같이 있고 싶지 않으면서도 내 생각이 받아들여지지 않으면 다섯 시간씩 닷새라도 매달려 생각을 바꾸게 해야 한다고 믿는 것도 우리 인간입니다. 옳은 것은 옳게 흘러가게 되어 있습니다. 조급한 게 탈입니다. 시간이 지나면 옳은 것과 그른 것은 서서히 드러나게 되어 있습니다. 양중의 원리 속에는 여유와 넉넉한 자신감이 있습니다. 양보가 있고 믿음이 있습니다. 텅 빈 마음이 있어서 늘 새롭게 가득찰 수 있습니다.

나는 텃밭에 짓는 이 농사가 그저 주는 농사, 베푸는 농사가 된다는 것만으로도 마음이 흐뭇합니다. 나를 찾아오는 사람들에게 맛있게 먹이고 돌아가는 길에 가져갈 수 있는 만큼 마음대로 가져가라고 내줄 수 있는 기쁨을 생각하며 채소를 키우고 풀을 뽑을 것입니다. 이 농사는 제게 호사스러운 농사이면서 고마운 농사입니다.

여름 숲의 보시

빗소리에 잠이 깨었습니다. 추녀 밑에 떨어지는 빗소리는 연잎 위에 떨어지는 빗소리보다 소란하여 잠을 깨웁니다. 연못에 수련이 꽃을 연 채 새벽 비에 몸을 맡기고 있습니다. 연꽃은 꽃들 중에 가장 먼저 눈을 뜨는 꽃입니다. 나팔꽃도 새벽에 피지만 나팔꽃보다 한 시간은 먼저 핍니다. 가장 먼저 눈뜨고 가장 소리 없이 세상을 지켜보는 꽃입니다. 새벽에 눈을 뜬 뒤 천천히 아주 천천히 몸을 열어가다가 활짝 열어 만개한 뒤에는 다시 천천히 몸을 닫습니다. 그래서 수련의 꽃 모양을 보면 지금이 몇 시쯤 되었겠구나 하고 짐작하게 됩니다. 연꽃은 꽃시계입니다. 그 꽃시계 같은 연꽃과 연잎 주위로 크고 작은 동그라미를 그리며 소리 없이 떨어지는 빗방울들의 원무가 아름다운 아침입니다.

붉은 수련도 있지만 저는 흰 수련에 더 마음이 끌립니다. 흰 꽃잎 가운데 노랗게 피어나는 꽃술의 아름다운 모습은 꽃 근처를 떠나지 못하게 발을 붙잡습니다. 여름 숲에서 대개의 나무들은 흰 꽃을 피웁니다. 찔레꽃이 그렇고 쪽동백나무나 층층나무도 그렇습니다. 붉은색의 화려한 꽃을 피워야 눈에 더 잘 뜨일 것 같은데 오히려 흰색이 눈에 더 잘 뜨인다는 것입니다.

아무 빛깔도 가지지 않은 듯 보이는 색, 색을 다 버린 것 같은 무색, 자신을 드러내기 위해 아무런 치장도 하지 않은 것 같은 수수한 흰색에 벌들이 더 많이 몰려오는 게 다 무슨 까닭이 있을 듯싶습니다. 곤충은 여름 숲의 진초록에서 붉은색을 구분해내지 못한다고 합니다. 오히려 흰색이 초록색과 대비되어 눈에 더 잘 뜨인다는 것입니다. 억지로 자신을 드러내려 애쓰기보다는 있는 그대로의 자기 모습을 가지고 있을 때 더 사랑받는다는 이치를 여기서도 깨닫게 됩니다.

꽃 색깔이 진하면 향이 연하고, 꽃 색깔이 옅을수록 향기가 달콤하다고 합니다. 봄에 피는 아까시나무의 향기는 얼마나 달고 그 향기가 얼마나 멀리까지 갑니까. 조팝나무 향기는 얼마나 진하며 후박꽃, 치자꽃 향기는 얼마나 강하게 가슴을 밀고 들어옵니까. 그 나무의 꽃들은 모두 흰색입니다. 그런 꽃들을 바라보며 빛깔로 화려하기보다 향기로 진하기를 소망합니다.

여름 숲은 크고 작은 풀과 나무들로 꽉 차 있습니다. 작은 것은 작은 대로 큰 것은 큰 것들대로 충만합니다. 맨 밑바닥에는 토끼풀, 민들레, 질경이 같은 풀들이 자라고 그 위에는 작은 관목들이 자라고 있습니다. 참나무류의 키 큰 나무와 관목들 사이에는 또 거기 자라기 알맞은 중간 키의 나무들이 들어서 있습니다. 서로 다른 높이를 가진 나무와 풀들이 층을 이루며 차곡차곡 채워져 있습니다. 저마다 자기 공간을 나누어갖고 공존합니다. 그래서 더욱 숲은 풍성합니다. 소나무숲처럼 다른 것들이 들어와 살 공간을 허락하지 않는 숲은 각박합니다. 소나무숲에는 다른 나무들이 자라지 못합니다. 소나무들도 푸르른 기품이 없는 건 아니지만 배타적이란 느낌을 지울 수 없습니다. 크고 작은 나무와 풀들이 서로 더불어 공존하고 그래서 풍성해지는 숲이 진짜 숲입니다. 토끼같이 작은 것들은 낮은 곳의 풀을 먹고, 고라니나 노루는 그보다 조금 큰 나무의 잎을 먹으며, 키 큰 나무는 새들에게 제 열매를 주어 멀리까지 씨를 퍼뜨립니다. 차윤정 박사는 여름 숲의 울창한 나무 잎들이 다른 생명들에게 얼마나 축복인가를 이렇게 이야기합니다.

"나무가 열 장의 잎을 생산한다면 그중에는 여분의 잎이 있다. 열 장 중 두 장은 자신의 성장에 쓰인다. 또다른 두 장은 각각 꽃과 씨앗을 만드는 데 쓰인다. 다른 두 장은 자신을 지키기 위한 물질을 만드는 데 쓰인다. 또다른 두 장은 스스로에게 저장되는 몫이며 나머지 두 장은 숲의 다른 생물들을 위한 것이다."

그 두 장의 잎을 애벌레가 먹고 그 애벌레를 새가 먹으며, 작은 짐승이 먹기도 하는데 그래도 남으면 낙엽으로 땅에 내려 수많은 벌레와 미생물들이 먹게 하고 그 미생물들이 먹고 배설한 것을 거름으로 삼아 나무를 키우는 이 보시의 순환. 숲은 우리가 어떻게 가진 것을 나누며 공생해야 하는가를 아주 잘 가르쳐줍니다. 나는 내가 가진 몇 개의 잎을 다른 생명들에게 주면서 살고 있는지 돌이켜 생각해보게 합니다.

나무는 이파리뿐만이 아니라 가지나 줄기를 잘라주어도 살아 있습니다. 아니 고목으로 서 있다가 태풍에 쓰러져도 벌레와 곤충과 새 들에게 자신의 몸을 통째로 내어줍니다. 우리도 그렇게 살다가 갈 수 있으면 좋겠습니다. 자신의 일부를 다른 것들을 위해 내어주면서도 기쁘고 푸르고 울창하게 살다가 갔으면 좋겠습니다.

오늘 하루를
아름답게 사세요

지난주에 외사촌 형과 친구가 같은 날 죽었습니다. 그리고 같은 병원 영안실에 나란히 누워 있었습니다. 외사촌 형은 오후에 갑자기 심장마비로 쓰러져 말 한마디 못하고 죽었고, 친구는 지난해부터 간암으로 많이 고생하다가 죽었습니다. 친구가 죽기 전에 병원을 찾았을 때 병든 육신을 안고 고통스러워하던 생기 없는 얼굴이 떠올라 마음이 아팠습니다. 어려서는 내가 외가에서 자랐기 때문에 외사촌 형을 친형처럼 생각하고 살았는데 성장하여 각자 가정과 일을 가지고 사는 동안 발걸음이 뜸해져 자주 만나지 못했습니다. 그런데 갑자기 쓰러져 흙 속에 묻히는 걸 지켜보면서 형이 어려울 때 밥 한 끼 대접하지 못한 게 마음에 걸려 눈물이 났습니다.

형을 땅에 묻고 돌아오는 길에 꽃집에 들러 빨간 장미 한 송이를 샀습니다. 꽃 접시에 장미 한 송이를 꽂고 오래 바라보았습니다. 죽어 흙에 묻히고 나면 사람일지라도 지금 살아 있는 꽃 한 송이만 못합니다. 우리도 시들어 떨어지기 전까지 살아 있는 것입니다. 살아 있는 동안 부디 아름답기를 소망합니다.

죽음은 우리가 왜 아름답게 살아야 하는가를 가르칩니다. 죽음은 우리가 왜 가치 있게 살아야 하는가를 가르칩니다. 우리는 반드시 죽게 되어 있습니다. 그것이 내일 저녁 퇴근길일 수도 있고 20년 뒤의 어느 저녁일 수도 있습니다. 그때까지 우리는 살아 있는 것입니다. 우리는 제한된 시간을 삽니다. 영원히 사는 게 아닙니다. 살아 있는 동안은 늘 영원히 지금처럼 살아 있을 것이라고 생각하지만 그건 착각입니다. 주어진 기간 동안 사는 것이라는 생각을 하면 하루하루를 기분 좋게, 가슴 뿌듯하게 살아야 한다는 마음을 가지게 됩니다. 행복하게, 아름답게 살려고 해야 합니다.

사람들에게 얼마 정도의 돈이 필요하냐고 물으면 '조금 더' 필요하다고 합니다. 그러나 평생 지금보다 조금 더 필요하다고 생각하며 삽니다. 그래서 돈에 매여 삽니다. 어느 정도의 지위가 필요하냐고 물어도 마찬가지일 겁니다. 어느 정도의 힘, 어느 정도의 명예가 필요하냐고 물어도 마찬가지일 겁니다. '조금 더' 그렇지요, 조금 더 필요합니다. 그래서 늘 그것에 매여 삽니다. 그래서 늘 부족하다고 느낍니다. 그러면 순간순간이 행복하지 못합니다. 그러나 생각을 바

꾸어 지금 내가 가지고 있는 것이 적은 게 아니다, 라고 생각하면 그 날그날이 행복합니다. 실제로 사람들은 이 상태로도 만족할 수 있고 기뻐할 수 있는 것을 가지고 있습니다. 지금 이 상태로도 남을 도와주고 베풀 수 있는 것들을 가지고 있습니다. 그것을 알게 되면 기쁜 마음으로 살 수 있습니다.

아름다운 영혼이 나와 함께하는 동안 삶은 아름답습니다. 그 영혼이 늘 나와 함께하리라 생각하지 마십시오. 오늘 그 영혼이 나를 떠날 수 있습니다. 아름다운 영혼이 함께하는 동안 그 영혼이 가리키는 길을 가십시오. 그게 가치 있게 사는 길입니다. 그렇게 살라고 우리에게 생명을, 삶을 주신 것입니다. 은전 몇 푼에 영혼을 팔지 마십시오. 악마는 그걸 사려고 늘 당신 주위를 맴돌고 있습니다. 헛된 명예와 이름을 얻으려고 당신 가슴 깊은 곳에 오랫동안 키워온 의로운 마음을 야차들에게 주지 마십시오. 손해 보는 장사를 하는 마구니들은 없습니다. 당장은 내가 이익을 얻은 것 같아도 오늘 그들에게 팔아치운 의로운 마음 때문에 오래오래 괴로워하게 됩니다.

오늘 하루를 아름답게 사십시오. 이 하루를 사무치게 사십시오. 물 한 모금 앞에서도 솔직하게 사십시오. 햇볕 한 줌 앞에서도 모래 한 알 앞에서도 당당하게 사십시오. 그러려고 우리가 지금 살아 있는 것입니다.

쓰레기통 비우기

쓰레기통을 깨끗이 씻어놓으면 기분이 좋습니다. 안에 들어 있던 쓰레기를 비우고 물로 씻어놓으면 쓰레기통은 흑요석처럼 반짝입니다. 아직 닦아내지 않은 물방울을 묻힌 채 몸을 드러내놓고 있는 쓰레기통을 보는 것만으로도 기분이 상쾌해집니다. 통을 가득 채운 쓰레기들은 모두 우리가 버린 것들입니다. 알맹이만 취하고 버린 껍데기나 내용물이 훼손되지 않도록 겉을 감싸고 있던 포장지, 단단하게 묶고 있던 끈, 용도가 다하면서 버림받은 것들로 쓰레기통은 늘 차오릅니다. 우리가 우리 필요에 따라 쓰고 버린 것, 먹고 버린 것들로 그 안을 채워놓고 우리는 쓰레기통을 더럽다고 합니다. 그런 쓰레기통을 손으로 닦고 있으면 기분이 좋아집니다. 안팎을 깨끗이 씻어 헹구어 햇빛에 내다놓으면 마음도 함께 가뿐해집니다.

지난 몇 주간 책 정리를 하였습니다. 산방에 있다가 집에 가면 우편물이 많이 쌓여 있습니다. 어떤 때는 몇 주씩 쌓여 있고 겨울에 온 우편물을 봄이 되어서야 뜯어보는 경우도 있습니다. 그것들을 열어 일일이 읽어가며 간직해야 할 것과 버릴 것을 나누고, 버릴 것은 따로 묶어두고 하다가 책꽂이에 있는 책들에게로 눈이 갔습니다. 거기도 읽지 않고 그냥 꽂혀 있는지 책들이 많았습니다. 그것도 정리하기로 했습니다. 보지도 않으면서 많은 책을 꽂아놓고 세월만 보내는 건 게으른 일이기도 하지만 지적 허영이란 생각이 들었습니다. 버리기로 했습니다. 다 보고 쌓아둔 문학지들이나 서류 뭉치들도 하나씩 묶어 내놓았습니다. 그렇게 한 서른 묶음 정도를 묶어서 버리고 나니까 서재에 발 디딜 틈이 좀 생기는 것 같았습니다.

창 반쯤 가린 책꽂이를 치우니 방안이 환합니다
눈앞을 막고 서 있는 지식들을 치우고 나니 마음이 환합니다
어둔 길 헤쳐간다고 천만 근 등불을 지고 가는 어리석음이여
창 하나 제대로 열어놓아도 하늘 전부 쏟아져오는 것을
—「책꽂이를 치우며」 전문

언젠가 이런 시를 쓴 적이 있습니다. 그때도 알았습니다. 창을 가린 책꽂이를 치우면 방안이 환하다는 이치를. 내가 내 책, 내 지식으로 빛을 가리고는 늘 어둡다고 불만족스러워하는 어리석은 삶을 산다는 것을. 그러나 그 깨달음도 잠시. 다시 또 책은 쌓이고 쓰레기통

은 꽉꽉 차기 시작합니다. 참 중요하다 싶어 버리지 못하고 있던 책
자나 자료집이나 서류 들도 몇 해가 지난 뒤에 다시 펼쳐보면 순간
의 조바심이었을 뿐이라는 생각이 드는 것이 많습니다. 시간 속에
그냥 지워지고 묻혀버리는 것들도 허다합니다. 시간과 공간을 뛰어
넘어 오랜 생명을 얻을 수 있는 일이 못 되는 것에 목숨을 거는 경우
도 많았다는 생각이 듭니다. 그런 많은 책과 지식과 자료 들을 묶어
버렸습니다. 그건 방을 채우고 있던 불필요해진 물건들을 치우는 일
이지만 내 머릿속을 채우고 있던 잡다한 지식들을 비우는 일이기도
합니다. 쓰레기통을 비우듯 가슴과 머릿속을 꽉 채우고 있는 쓰레기
들을 비우는 일이기도 합니다. 자주는 못 되더라도 몇 달 또는 한 해
에 몇 번씩 이렇게 버리고 비우는 일을 할 필요가 있다는 생각입니
다. 가능하면 앞으로는 책꽂이를 더 늘리는 일보다 새 책이 들어와
꽂을 자리가 없으면 버려야 할 책을 가려내고 그 자리에 꽂을까 합
니다. 너무 많은 것으로 머릿속을 채우는 것보다 적더라도 꼭 필요
한 것을 제대로 아는 일이 중요합니다. 많이 읽고 아는 것만큼 마음
이 그렇게 깊고 맑게 바뀌는 일은 더 중요합니다. 그리고 깨달은 것
을 조금이라도 바르게 실천하며 사는 일은 훨씬 더 중요합니다.

책들을 버리고 조금 넓어진 자리에 난 화분을 놓아두었더니 마음
이 훨씬 여유롭습니다. 발도 편하게 뻗을 수 있어서 좋습니다. 쓰레
기통을 비우고 나도 금세 새로운 쓰레기들이 하루가 멀다 하고 들
어차겠지만 비우는 일 없이 채우기만 하는 삶과 깨끗이 비우고 다

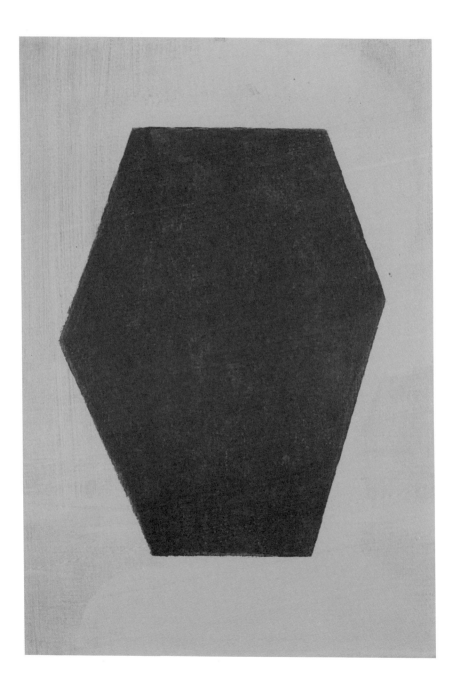

시 채우는 삶은 질적인 차이가 있습니다. 쓰레기통을 손으로 싹 씻
어놓은 날 마음도 경안輕安하여 얼마나 가볍고 가뿐하고 편안한지
모릅니다. 내 몸을 물로 씻고 햇볕 속에 서 있는 것 같습니다.

대인과 소인

하늘이 엷은 회색입니다. 여러 날째 구름이 하늘을 가득 덮고 있습니다. 오늘은 그나마 구름 색깔도 엷어지고 매미 소리도 들립니다. 지난 몇 달은 참 힘들었습니다. 선의로 시작한 일도 악업을 지으며 끝나는 경우가 있는 걸 또 확인해야 했습니다. 잘못된 것을 잘못되었다고 지적하고 비판하며 바로잡는 일이 호락호락한 일이 아니라는 것을 한 번 더 뼈저리게 경험하였습니다. 세상은 의로움이나 진정성, 새로움 이런 것만으로 방향을 틀기엔 이미 이해관계와 인적, 물적 그물망 등으로 너무나 정교하게 짜여져 있는 곳입니다. 참신한 사업을 시도해볼 수 있는 좋은 기회를 날려버린 것에 대한 아쉬움도 컸지만 사람에 대한 실망은 더 컸습니다.

내가 힘들었던 것은 아쉬움이나 실망이 아니라 사실을 사실대로 말해도 통하지 않는 사람들 앞에 놓인 거대한 벽을 넘을 수 없다는 것이었습니다. 그리고 자신을 지키기 위해 본능적으로 쏟아내는 비방과 모략과 책임 떠넘기기와 자기합리화, 이런 방어 행동들을 지켜보는 과정도 힘들었습니다.

그러나 더 힘든 것은 칼이 되어 나를 찌르는 그런 행동을 가슴에 쌓아두지 말고 녹이고 용서하며 자신을 추스르고 다독이는 일이었습니다. 가슴 가득히 끓어오르는 미움을 삭이며 문제 해결의 돌파구를 찾는 일이었습니다. 용서보다는 미움이 더 큰 상태에서 그렇게 마음을 바꾸어 가지게 된 계기는 우연한 데서 왔습니다. 이 일과 아무런 상관이 없는 지인이 내가 부탁한 시 원고를 보내며 거기에 첨부해서 보낸 글을 읽은 게 마음을 바꾼 계기가 되었습니다. 「대인과 소인」이란 글이었습니다.

대인은 모든 사람의 잘못을 자기 탓으로 돌리며 오히려 그들을 일찍이 설득하지 못함을 한탄할 뿐이다. 소인은 사실 모순투성이면서도 자신의 잘못은 절대 말하지 않고 오직 남의 잘못만을 들추어내는 데 천재다. 대인은 폭력, 금력, 권력 앞에 의연하고 겁내지 않으며, 오직 의로운 사람과 덕이 높은 사람을 겁내어 경배하고 숭앙한다. 소인은 폭력, 금력, 권력을 무서워하고 숭배하고 따른다. 오히려 의로운 자와 후덕한 자를 경멸하면서 논리를 앞세워 따지고 대립하다가 마침내 제압하여 물리친다.

꼭 지금의 나를 두고 하는 말 같았습니다. 이렇게 몇 달씩 고생할 줄 알았다면 미리 자리를 만들고 일찍 사람들을 만나 같이 상의하고 설득할 걸 그랬구나 하는 후회가 들었습니다. 다 내 잘못이란 생각이 들었습니다. 그리고 나를 미워하고 비난하는 사람들, 그들은 금력과 권력의 이해관계에 얽혀 대의보다 작은 이익을 취하려 하고 또 그것을 추종하기 때문에 나와 대립되는 자리에 서는 걸 마다하지 않는다고 생각했습니다. 소인배들이란 생각이 들었습니다. 그러나 이런 생각은 그다음에 나오는 글을 읽으며 나를 크게 부끄럽게 만들었습니다.

대인은 모든 사람에게 늘 사과하고 용서하기를 좋아해서 바보 같아 보이지만, 세월이 지나면 천하 사람들이 모여 떠받들고 그 덕택으로 성군이 된다. 소인은 남의 단점을 보고도 말하지 않으면 양심부재라 하고 이를 깨우쳐준답시고 나서지만, 주변 사람들은 따지길 좋아하는 그에게서 모두 떠난다. 게다가 자기는 남을 결코 용서하지 않으면서 남이 자기를 용서하지 않으면 죽을 때까지 원망하며 산다.

나도 혹시 남의 단점을 바로잡는다고 말하며 어깨에 힘주기 좋아하고 나만 항상 정의롭다고 생각하고 나만 선하다고 믿으며 사는 사람은 아닌가 하는 생각이 드는 것이었습니다. 나는 용서하지 않으면서 남이 나를 용서하지 않으면 죽을 때까지 원망하며 살고 있지는 않은가 하는 반성이 슬며시 고개를 들었습니다. 그렇다면 나 역시 소인에 지나지 않는 것이지요. 대인이야 되지 못해도 소인배는 되지 말아야겠다는 생각이 들었습니다. 내가 먼저 사과해야겠다고 생각했고 두 달을 끌고 있는 갈등과 대치 상태를 풀어야겠다는 생각이 들었습니다.

남을 미워하고 대립해 있는 기간 동안 내가 왜 이렇게 힘들까를 생각해보았더니 그건 그들이 분명 잘못했다고 믿고 있는데 비난은 내가 받고 있다는 것과 그런 그들에 대한 미움 때문에 내가 나를 괴롭히고 있기 때문이었습니다. 이 일에 대한 책임이 그들에 있다고 믿기 때문에 남을 용서하지 못하는 것이었습니다. 그러나 '나한테도 있다' 이렇게 생각하는 순간 사람들은 나는 용서하게 된다는 것입니다.

그래서 남을 원망하지 않고 용서하는 것은 결국 자기 자신을 사랑하는 것이라고 합니다. 이것을 오현 스님은 '원망을 낳지 않는 사랑법'이라고 가르치십니다. 지난 몇 달간 욕도 많이 먹고 비난도 많이 받고 오해와 모함과 중상과 질시도 숱하게 받았지만 '소인이 되지 않는 법'과 '원망을 낳지 않는 사랑법' 이 두 가지 가르침을 받기 위한 시련의 날들이었다고 생각하기로 했습니다.

하늘을 가득 덮고 있는 잿빛의 장마 구름도 언젠가는 걷힐 겁니다.

끝날 때도 반가운 만남

오랜만에 반가운 전화를 받습니다. 만나자는 약속도 흔쾌하게 정해집니다. 그리고 반가운 마음과 약간의 들뜬 기분으로 약속 장소를 찾아갑니다. 그런데 가면서 생각해야 할 것이 있습니다. 오늘 이 반가운 만남이 즐겁고 유쾌한 자리가 되고 끝날 때도 유익한 만남이었다는 생각에 변함이 없어야 한다는 것입니다.

어제 저녁이었습니다. 학교 동기를 만났습니다. 반가웠습니다. 세월이 많이 흘렀는데도 모습은 크게 달라지지 않은 것 같았습니다. 저녁을 먹으면서 옛날이야기들이 쏟아져나왔습니다. 어렵고 까다로운 선생님 밑에서 고생한 이야기가 제일 즐거웠습니다. 이야기는 옛날이야기가 재미있습니다. 그러다가 요즘 하는 일, 요즘 세상 돌아가는 이야기로 화제가 옮겨갔습니다.

문제는 거기서부터 시작되었습니다. 세상 이야기에 대한 의견이 서로 달랐습니다. 흉악무도한 살인을 저지른 사람을 어떻게 해야 하는가에 대한 의견이 서로 달랐습니다. 마땅한 처벌을 받아야 한다는 데는 의견이 비슷했지만 그런 사람이 생기지 않도록 하기 위해서 어떻게 해야 할까에 대한 의견은 같지 않았습니다. 자연히 가정교육, 학교 교육에 대한 이야기로 옮겨갔고 경쟁을 중심으로 한 사회 시스템과 거기에서 낙오하면서 소외감과 적개심과 콤플렉스를 가슴에 품고 살아가게 만드는 구조에 문제가 있다는 이야기와 경쟁 없는 세상은 없는 게 아니냐는 현실론을 중심으로 각각 자기주장을 내세웠습니다.

경쟁이 심하고 환경이 어렵다고 꼭 나쁜 사람으로 자라는 것만은 아니지 않느냐고 친구는 이야기했습니다. 그 말도 맞습니다. 어려운 환경 속에서도 훌륭하게 성장하는 사람이 많습니다. 그러나 잘못된 구조 속에서 더 나쁘게 자라고 있는 사람이 계속 생겨나고 있는 것도 사실이라고 나는 생각합니다. 그러다가 한쪽은 파병을 반대하고 한쪽은 국가의 미래와 이익을 위해서 찬성한다는 이야기로 발전하여 서로 주장이 강하게 엇갈리더니 마침내 정치와 정치 지도자에 대한 평가에 이르면서는 서로 세계관이 크게 다르다는 것을 확인하면서 씁쓸해지기 시작했습니다.

중간에 다시 웃으면서 술을 권하기도 하고 몇 번이나 화제를 다시 돌려보려고 하였지만 조금 이야기를 하다보면 다시 첨예하게 대립될 수밖에 없는 정치와 이데올로기에 대한 주장으로 옮겨가 있곤 했습니다. 오랫동안 만나지 못하는 사이에 서로 처해 있는 환경이 다르고 하는 일이 달라서 생각도 많이 달라져 있었습니다.

나는 술을 많이 마실 형편이 못 되었지만 친구는 얼굴이 불그스레하게 취기가 올라 있었습니다. 두 시간, 세 시간이 지나면서 분위기는 무거워졌습니다. 우리는 자리를 끝내고 일어섰습니다. 악수를 하고 또 만나자고 말은 하였지만 헤어져 돌아오는 밤길이 썩 유쾌하지 않았습니다. 오면서도 아까 친구가 한 말에 대해 이러이러한 사례를 더 들어가며 반박을 했어야 하는데 그 말을 하지 못했구나 하는 생각이 떠오르기도 하고, 친구가 한 말 중에 마음에 들지 않는 말이 자꾸 떠올라 불편하기도 했습니다.

그러나 밤이 지나고 다음날이 되자 후회가 밀려왔습니다. 작은 것을 가지고 밀리지 않고 지지 않으려고 하다 큰 걸 잃은 것 같은 기분이었습니다. '말을 조금 덜 하고 더 많이 들을 수는 없었을까. 친구의 말이 틀리다고만 생각할 게 아니라 나와 다르구나 하고 생각할 수는 없었을까. 내 말에 대해 공격을 한다고 생각하여 경색되지 말고 좀더 유연한 자세로 대할 수는 없었을까. 상기된 얼굴, 따질 듯한 표정으로 말한 것은 아닐까. 그래서 친구도 얼굴이 굳어졌던 건 아닐까. 친구가 계속해서 자기주장을 굽히지 않고 많은 말을 하게 된 것은 혹시 내가 한 말 중에 나도 모르게 친구의 자존심을 건 드린 말이 있었던 것은 아닐까.' 그런 생각이 들었습니다.

톨스토이의 『인생이란 무엇인가』를 보면 이런 대목이 나옵니다.

사람들이 종종 분노에 사로잡혀 그것을 억제하지 못하는 것은, 분노 속에 일종의 남자다움이 있다고 착각하기 때문이다. 나는 결코 용서하지 않겠다, 단단히 혼내주겠다, 등등. 그러나 그것은 착각이다. (……) 분노는 나약함의 증거이지 힘의 증거가 아니라는 것을 인식하지 않으면 안 된다.

화를 많이 낸다는 것은 나약하기 때문이라는 것입니다. 자신감이 있으면 분노하지 않습니다. 강한 자일수록 여유가 있습니다. 분노한다는 것은 속에 있는 나약함을 감추기 위한 일종의 방어 행동이라는 것입니다. 물론 화를 낼 때는 화를 내야 하고 분노할 일이 없는 것도 아닙니다.

그러나 크게 언성을 높이고 분노할 만한 일이 아닌 것 같은데도 분노에 사로잡혀 있다면 그건 자신의 나약함을 감추기 위한 행동이라는 것입니다. 노약자나 여자를 대상으로 범죄를 저지르는 사람 중에는 강한 자의 폭력에 심리적으로 크게 위축되어 살아온 소심하고 나약한 사람이 많이 있다고 합니다.

그리고 또하나 잊지 말아야 할 것이 있습니다. 이어지는 톨스토이의 말입니다.

어떠한 경우에도, 사람들에 대한 자신의 분노만 정당하다고 생각해서는 안 된다. 그리고 어떤 사람일지라도 그가 인간이 아니라거나 쓸모없는 사람이라고 생각하거나 말해서는 안 된다.

화가 나 있을 때는 나는 옳고 상대방은 틀린 것 같습니다. 나의 분노는 정당하고 다른 사람의 분노는 어이없어 보이기도 합니다. 그러나 내 분노만 정당하다고 생각해서는 안 된다는 것입니다. 그게 분노한 상태에서의 생각이기 때문에 더욱 그렇습니다. 마음의 평정을 잃은 상태에서 하는 생각과 판단은 한쪽으로 치우칠 수밖에 없습니다. 정신적 여유를 잃어버릴수록 이성적인 판단이 설 자리는 줄어듭니다. 격앙된 상태에서는 합리적인 생각으로 해결의 실마리를 찾아야 한다는 생각보다는 이 상황에서 어떻게 나를 지킬 것인가 하는 생각이 앞서기도 합니다. 그리고 화가 났다고 해서 상대방이 인간도 아니라고 생각하거나 말해서는 안 된다는 말도 새겨두기로 했습니다.

오랜만에 만나는 옛 친구와의 만남, 가족들끼리의 나들이, 애인과의 데이트, 동료들과의 회식 모임, 내일도 우리에겐 그런 자리가 기다리고 있습니다. 그러나 만남 그 자체보다 더 중요한 것은 만남이 끝나고 난 뒤에도 여전히 즐겁고 다시 만나고 싶은 시간이 되도록 해야 한다는 것입니다. 만남의 자리도, 그리고 그 사람도.

굴 두 개

"40분 차는 뒤쪽 자리 하나 남았는데 타시겠어요?"

버스표를 파는 창구 안쪽에서 아가씨가 그렇게 물었습니다. 약속 시간과 서울까지 걸리는 시간을 계산해보니 다음 차를 타면 늦을 것 같아서 "주세요" 하고 돈을 내밀었습니다. 내가 자리에 앉자 버스는 바로 출발했습니다. 오랜만에 하는 서울 나들이였습니다. 차창 밖에는 흐린 겨울 기운이 들판과 낮은 산들을 회색빛으로 감싸안은 채 웅크리고 있었습니다. 나도 감기가 떨어지지 않아 마스크를 하고 목도리를 두르고도 외투를 벗어 몸을 덮은 채 의자에 몸을 기대었습니다. 조금 전에 읽은, 레오나르도 다빈치의 〈최후의 만찬〉이 그려지는 과정의 이야기와 예수의 손에 들려 있다가 지워진 은잔의 의미를 생각하다가 깜빡 잠이 들었습니다.

내가 눈을 뜬 건 아이 울음소리 때문이었습니다. 뒷자리 아이가 큰 소리로 울기 시작한 것입니다. 나처럼 잠에서 깬 사람도 많고 짜증스러워하는 사람도 있을 것 같았습니다. 아이를 제대로 달래지 못하는 엄마에 대해 불만을 가진 사람도 있을 것이고 운전기사는 운전기사대로 스트레스를 받을 것 같았습니다. 나도 피곤한 몸을 뒤로 기댄 채 말없이 참고 있었습니다.

그러다 생각해보니 가장 힘들고 몸이 다는 사람은 아이 엄마입니다. 고만고만한 아이 둘을 데리고 서울을 가고 있는데 아이들이 울고 칭얼대니 엄마는 얼마나 몸이 달겠습니까. 히터를 틀어놓아 공기가 답답하고 건조해서 아이가 보채는 게 아닌가 혼자 그런 생각을 했습니다. 뒷자리라서 많이 흔들릴 테고 쾌적한 공간이 아닌 갇힌 장소에서 여러 시간 몸도 제대로 움직이지 못한 채 실려 가는 동안 몸 어딘가 불편해졌을 수도 있을 겁니다. 엄마는 아이를 달래느라고 애를 먹고 있었습니다.

그런데 그때 내 옆 좌석에 앉아 있던 젊은 여자분이 조용히 안전벨트를 끄르더니 귤 두 개를 뒷자리의 우는 아이에게 건네는 것이었습니다. 얼굴엔 미소를 띠고 작은 소리로 뭐라고 몇 마디 하며 아이를 달래는 것이었습니다. 낯선 사람에게서 귤을 받아든 이 아이는 천천히 울음을 멈추었습니다. 무슨 이유인지는 모르겠으나 신기하게도 아이는 거기서 울음을 그쳤습니다. 무언가 울음을 통해서 제

답답한 상태를 호소하고 싶었던 아이는 낯모르는 사람의 호의에 그만 가슴속에 막혀 있던 불만족스러운 그 어떤 것 하나가 풀어진 것 같았습니다.

아이는 울음을 그치고, 엄마는 마음을 놓을 수 있고, 나머지 승객들은 조용하게 휴식을 취할 수 있고, 버스 기사는 다시 평온한 마음으로 운전대를 잡을 수 있게 만든 이 여자분의 귤 두 개는 단순한 귤이 아니라는 생각이 들었습니다. 다들 자기 자리에 앉아 짜증스러워할 때 아기를 달래는 엄마를 어떻게 도와야 할까를 생각한 이 여자의 마음이 아기 울음을 잠재운 게 아닌가 싶었습니다. 제게 오는 불편함만 생각하고 누구도 손 하나 까딱하지 않을 때 이분이 한 작은 일은 그 차를 타고 가는 마흔다섯 명 모두를 편안하게 하고 이롭게 한 행동이 되었습니다.

삼십대 중반쯤으로 보이는 이 여자 역시 일고여덟 살 정도 되어 보이는 사내아이를 데리고 가고 있었습니다. 아이가 까먹다가 바닥에 떨어뜨린 귤껍질들을 아이에게 자기 손으로 주워 봉지에 넣게 하는 이 여자는 큰소리로 말하지 않으면서 아이를 몸으로 가르치고 있었습니다.

막히고 밀리는 길 때문에 버스가 예정 시간보다 더 걸려 터미널에 진입했을 때, 다른 사람들처럼 벌떡 일어서는 아이의 손을 잡고

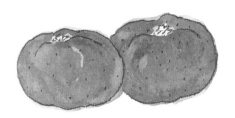

풋두개
2017·01·23
이인

그 엄마는 이렇게 말하였습니다.

"천천히, 다른 사람들 내린 다음에 천천히 내리자."

자기 아이가 보는 앞에서 남의 아이도 내 아이처럼 사랑하는 모습을 보여주고, 큰 목소리로 말하지 않으면서 아이를 그 자리에서 행동으로 가르치는 엄마의 얼굴이 참 아름다워 보였습니다.

아름다운 사람은 순간순간 어떻게 생각하고 판단하고 처신해야 하는가를 압니다. 작은 일 하나로도 스스로 행복해지고 남에게 고마운 사람이 된다는 걸 압니다.

치통

하늘이 흐리고 바람이 셉니다. 은빛이 군데군데 섞인 잿빛 구름
이 길게 띠를 이룬 채 하늘을 덮고 있습니다. 동쪽 하늘에 산정 호수
처럼 뚫린 구멍으로 옥빛 하늘이 한 군데 드러나 있을 뿐 나머지는
온통 구름으로 덮여 있습니다. 바람이 얼마나 세차게 문을 닫아놓고
가버리는지 그 충격으로 문설주 위의 흙이 한 줌 우수수 방바닥으
로 떨어져내립니다.

아침 명상 중에 치아의 통증이 가라앉게 해달라고 기도했습니다.
요즘 이가 아파 치과를 다닙니다. 몇 달 전에도 어금니 하나를 뺐는
데 또 잇몸이 꽈리처럼 부풀어오르고 욱신욱신 쑤십니다. 엑스레이
를 찍어보자고 하더니 의사는 치료하고 갈아내고 덮씌운 이의 잇몸
에 고름이 생겨 있고 그 속의 뼈가 삭아가고 있다고 합니다. 그 이도

빼야 할 것 같고 오른쪽 아랫니 두 개를 때워야 하고 왼쪽 윗어금니와 잇몸도 성치 않은 것 같다고 합니다. '하나를 빼낸 지 얼마 되지도 않았는데 또 빼야 하느냐' '뼈가 삭는다니 그게 무슨 말이냐' 하고 의사에게 물었더니 면역력이 떨어져서 그런 것은 아닌지 모르겠다고 합니다.

치료를 끝내고 약을 처방받아 가지고 오면서도 영 기분이 개운하지가 않았습니다. 약을 먹는 동안은 며칠 잠잠하다가 또 잇몸이 부어오르곤 합니다. 그래서 아침 명상 시간 중에 이가 아프지 않게 해달라고 기도하곤 했습니다. 오늘 아침에도 잇몸에 고름이 잡히는 게 낫게 해주시고, 이를 빼지 않게 해달라고 기도했습니다.

그러다 가만히 한 생각이 떠올랐습니다. 나는 매일 무엇을 해달라고 기도합니다. 병이 낫게 해달라고 기도하고, 소망하는 것이 이루어지게 해달라고 기도합니다. 오늘 하루를 슬기롭게 잘 보낼 수 있게 해달라고 기도하고, 우리 모두가 어려움을 헤쳐나갈 수 있게 해달라고 기도합니다. 원수를 만났을 때도 평상심을 잃지 않게 해달라고 기도하고, 용기와 힘을 달라고 기도합니다.

그런데 어제 용기와 지혜를 주십사 하고 기도한 뒤에, 다음날 용기와 지혜를 주시어서 감사하다는 인사는 하지 않고, 오늘 다시 건강하게 해달라고만 기도하고 있었습니다. 오늘 치통이 멈추게 해달라고 기도하면서 지금까지 수십 년을 고통 없이 살게 해주신 은혜에 감사한다고 말하지 않고 있었던 것입니다. 이를 뺀 지 몇 달 되지도 않았는데 왜 또 하나를 더 빼야 하느냐고 불평만 할 줄 알았지, 그동안 이 때문에 고통받게 하지 않은 고마움은 생각지 못하고 있었습니다.

내 병을 분명히 낫게 해주실 수 있는 분이라고 믿으며 기도한다면, 그분이 내 몸과 영혼을 만들고 주재하시는 분이라고 믿는다는 것인데, 그러면 요청보다는 감사가 먼저이어야 하지 않겠습니까. 무엇을 해달라고 요구하기보다 그동안 나를 이렇게 있게 해주시고 지켜주신 걸 고마워하고 인사를 드리는 게 순서일 텐데 요구할 줄만 알았지 고마워할 줄은 몰랐던 것입니다. 이를 주실 때는 튼튼하게 주셨는데 내가 제대로 사용하지 않아 고장나게 만들고는 돌아와 고쳐달라고 매일매일 요구하기만 하는 것이라면 그건 떼쓰는 것에 지나지 않습니다.

생각해보니 하느님은 참 힘드실 것 같았습니다. 많은 사람들이 나처럼 무엇을 해달라고만 하고 있을 것이 아니겠습니까. 고쳐달라고만 할 게 아니라 고쳐주고 난 뒤에 딱딱한 걸 씹지 않는다거나 아주 달고 뜨겁고 자극적인 것들로 이를 상하게 하지 말고 청결하게 유지하고 관리해야 하는데, 그걸 잊어버리고 소홀하게 하는 날이 있습니다. 이십대 젊은 날은 소주병을 늘 이로 땄고 심지어 콜라나 환타 병 한 상자씩을 이로 따는 만용을 부리기도 했습니다. 그러고도 이가 상하지 않고 지금까지 버텨온 것이야말로 기적 같은 보살핌이 아닐 수 없습니다.

내가 잘못 사용해서 고장난 걸 가져가시겠다고 하면 내드려야 합니다. 이 한 개가 아니라 더 여러 개라도 가져가시겠다고 하면 말없이 드려야 합니다. 나중에 몸도 목숨까지도 가져가야겠다고 하면 드려야 하지 않겠습니까. 내 것이라고, 안 된다고, 아등바등하지 말고 드릴 수 있어야 합니다. 내 것은 아무것도 없습니다. 내가 내 것이라고 믿는 것은 내 생각일 뿐입니다. 내 몸도 사실은 내 것이 아닙니다. 그런데 우리는 늘 나, 나만을 생각하고 나만을 위해서 이기적으로 집착하고 원하고 끝없이 요구하기만 해온 것입니다.

뿐만 아니라 우리는 내가 아픈 걸 다른 사람들이 알아주기를 바랍니다. 다른 사람들이 고개를 끄덕이며 들어주고 얼마나 아픈지 물어주고 동정하거나 공감하는 빛을 보이면 고마워합니다. 그러나 내 어머니가 아래턱까지 퉁퉁 부은 채로 밤을 지새고 날이 밝은 다음에야 겨우 치과를 가시곤 할 때 나는 진심으로 같이 아파하는 마음으로 어머니를 위로하지 않았습니다. 아버지가 식사 때마다 틀니를 끼우고 빼고 하시며 불편해하실 때 나는 틀니를 식탁 위에 놓고 다니시는 아버지를 보며 얼굴을 찌푸렸습니다. 아내가 오랫동안 어금니가 없어 한쪽으로만 씹다가 얼굴 모양이 점점 비대칭으로 변해간다고 하소연할 때도 나는 "괜찮은데 뭘 그래" 하면서 건성으로 대하곤 했습니다.

　남이 아파할 때 나는 같이 아파하거나 공감하지 않고 내가 아플 때 관심을 기울여주지 않는 것만 서운하게 생각하고 있었습니다. 생각해보니 참 이기적으로 살아왔습니다. 내 가족들에게도 그러하였으니 이웃들에게는 더 하였을 것입니다. 남이 받는 고통과 어려움에 대해서 얼마나 마음을 기울여 함께 아파하고 그 아픔을 나누려했는지 생각하면 부끄럽기 그지없습니다. 늘 내 처지에 서서 바라보고 그 일이 나하고 이해 상관이 있는지 없는지 계산해보다가 돌아서는 날이 대부분이었습니다.

　지장地藏보살처럼 추위와 배고픔에 떠는 헐벗은 사람들에게 가진 재산을 나누어주고 나중에는 제 옷까지 벗어주고 흙구덩이 속에 들어가 몸을 감추고 있지는 못하겠지만, '고통받는 중생이 단 한 사람이라도 있다면 나는 성불하지 않겠다'고 원을 세울 수는 없겠지만 눈에 보이는 내 이웃의 고통을 외면하지는 않아야 하는데 그러지 못했습니다. 세상 사는 동안 늘 '나는 고통받지 않아야 한다' '내가 아프고 힘들게 되어서는 안 된다', 오직 그 생각에 매어서만 살아온 것은 아닌가 싶었습니다.

　나는 말할 수 없이 고통스러운데 남은 전혀 느낄 수 없는 것 중의 하나가 치통입니다. 그러나 이 세상 모든 고통이 사실은 치통과 같습니다. 남이 아파할 때 왜 같이 마음 아파해야 하는가를 이가 아파보면 압니다.

죽 한 그릇

아침에 죽 한 그릇을 앞에 놓고 기도합니다. 이 죽 한 그릇도 하느님께서 은혜로이 내리신 음식임을 생각합니다. 이 죽을 감사하는 마음으로 먹고 힘을 내어 하루를 건강하고 복되게 살아갈 것임을 생각합니다. 죽 속에는 현미도 조금 찹쌀도 조금 그리고 연자육도 조금 섞여 있습니다. 그래서 연자죽이라고 부릅니다. 제가 먹는 아침 식사입니다. 연자죽을 먹지 않는 날은 우엉과 표고버섯과 무와 당근을 달인 물을 마십니다. 채소 달인 물 한 그릇을 앞에 놓고도 기도합니다. 그것도 하느님이 허락하신 것임을 생각합니다. 채소를 기르느라 고생한 농부들과 연자죽 가루를 만드는 노동을 한 분들에게도 감사합니다.

하느님이 허락하시지 않으면 단 한 그릇의 밥도 먹을 수 없다는 걸 생각합니다. 그리고 밥 한 그릇을 벌 수 있게 일한 하루의 삶에도 감사하고 일할 수 있는 몸을 갖게 해주신 것 또한 감사드립니다. 죽 한 그릇 속에도 촘촘하게 연결된 많은 사람과 자연과 사물과 작은 우주가 들어 있습니다.

해월 최시형 선생은 사람만이 한울(하늘)이 아니라 사물 하나하나마다 한울이요, 일마다 한울이라고 했습니다. 쌀 한 톨도 한울이고 채소 한 포기도 한울이며 사람을 섬기는 일이 곧 한울을 섬기는 일이라고 했습니다. 음식도 한울의 일부이기 때문에 사람이 한울의 일부인 음식을 먹는 것도 바로 한울을 먹는다는 것입니다. 한울을 한울이 먹는다는 것이 어찌 생각하면 이치에 맞지 않는 것처럼 보이지만 더 큰 한울이 한울 전체를 키우기 위하여 쌀이라는 한울로 사람이라는 한울을 먹여 기르는 것이라고 합니다. 그것을 이천식천 以天食天이라고 합니다.

해월 선생은 더 나아가 같은 바탕이 된 자는 서로 도와줌으로써 기운이 화합하게 하고, 다른 바탕이 된 자는 서로의 기운 화합을 통하여 연대적 성장 발전을 도모하도록 하는 것이라고 합니다. 바탕이 서로 같은 인간과 인간끼리의 관계는 당연히 서로를 하느님같이 대해야 하는 관계이고, 인간과 자연 만물의 관계도 역시 하느님과의 관계로 생각해야 한다는 것입니다. 만물도 하느님같이 존중해야 한다는 것이지요. 내면적인 절대 평등의 관계로 바라보아야 한다는 것입니다.

인간이 인간을 존중하며 인간끼리 서로 도와 인간 사회의 발전을 도모해야 하는 것은 다른 사람과 내가 똑같은 인오동포人吾同胞이기 때문이며, 인간과 자연이 연대적 협력으로써 서로의 발전을 도모하는 것은 물오동포物吾同胞이기 때문이라고 합니다. 인간뿐만 아니라 자연까지도 동포로 보는 우주적 대가족주의라고 할 수 있습니다. 인간은 홀로 존재할 수 없습니다. 다른 사람과 함께 모여 살아가게 되어 있고 그들과 서로 도우며 살아갑니다. 그래서 그가 어떤 사람이든 사람으로 대하고 사람으로 존중해야 합니다. 그가 동남아에서 온 노동자이든 중국에서 와 식당 일을 하는 여성이든 마땅히 사람으로 대접하고 모실 수 있어야 합니다. 그가 사무실에 앉아서 일하는 사람이든 하청 현장에서 일하는 사람이든 사람은 서로를 존중해야 하며, 그가 있어서 내가 있을 수 있다는 생각을 지녀야 합니다. 해월 선생은 더 나아가 동식물과 사물도 거기에 포함되는 범우주적인 큰 사회의 일원임을 강조합니다. 그래서 하늘을 공경하고 사람을 공경하고 만물까지도 공경하라고 합니다. 경천敬天, 경인敬人, 경물敬物이 그것입니다.

벽에 걸려 겨울을 나는 시래기를 보다가 이런 시를 쓴 적이 있습니다.

저것은 맨 처음 어둔 땅을 뚫고 나온 잎들이다

아직 씨앗인 몸을 푸른 싹으로 바꾼 것도 저들이고

가장 바깥에 서서 흙먼지 폭우를 견디며

몸을 열 배 스무 배로 키운 것도 저들이다

더 깨끗하고 고운 잎을 만들고 지키기 위해

가장 오래 세찬 바람맞으며 하루하루 낡아간 것도

저들이고 마침내 사람들이 고갱이만을 택하고 난 뒤

제일 먼저 버림받은 것도 저들이다

그나마 오래오래 푸르른 날들을 지켜온 저들을

기억하는 손에 의해 거두어져 겨울을 나다가

사람들의 까다로운 입맛도 바닥나고 취향도 곤궁해졌을 때

잠시 옛날을 기억하게 할 짧은 허기를 메꾸기 위해

서리에 젖고 눈 맞아가며 견디고 있는 마지막 저 헌신

—졸시 「시래기」 전문

　시래기가 되어 걸려 있는 것들은 무나 배추의 맨 처음 나온 이파리들입니다. 땅에 심은 씨앗이 싹으로 변해 흙을 뚫고 나올 때 사람들이 제일 기뻐했던 것도 그것들이고 흙먼지와 폭우를 가장 오래 견딘 것도 그 이파리들입니다. 그러나 세월이 지나면서 사람들이 고갱이만을 택하고 난 뒤에 그들은 제일 먼저 버림받았습니다. 쓰레기통으로 가거나 그대로 버려지게 될 운명에 놓여 있다가 그나마 자신들을 기억해주는 손에 의해 거두어져 눈 맞아가며 겨울을 나고

있는 중입니다. 그러나 그 버림받은 것들에서 우러나는 깊은 맛을 우리는 알고 있습니다. 시래깃국을 먹어본 사람은 그 맛이 어떤 맛인지를 압니다. 그러나 한 사발의 시래깃국이 된 그 이파리들이 어떤 이파리들이었나를 생각하는 사람들은 많지 않습니다. 고마워해야 합니다. 그리고 이 세상에는 그렇게 시래기가 되어 인생의 겨울을 나고 있는 사람들이 많다는 것을 생각해야 합니다.

좋은 음식을 상 가득 차려놓고 포식을 해야 잘 먹은 것이 아닙니다. 밥 한 그릇도 감사하는 마음으로 먹을 수 있으면 그것이 성찬입니다. 생전에 생불이라 일컬음을 받던 청화 스님은 하루에 한 끼, 일종식을 하시며 몇 달씩 장좌불와 묵언정진을 하셨는데 노스님의 건강이 염려되어 보살님이 맛있는 반찬을 만들어 공양을 올리면 스님은 방바닥을 두드리며 손가락 두 개를 펼쳐 보이셨답니다. 반찬을 두 가지만 해오라는 뜻이었다고 합니다. 청화 스님의 행장을 읽으며 숙연해지지 않을 수 없었습니다.

몸에 병이 들어 사제직에서 물러나 연풍 은티 마을에서 요양중인 연레오 신부님은 목을 다쳐 소리가 나오지 않는 바람에 오랫동안 고생을 하셨습니다. 미사를 집전하면서도 아무 말씀을 하실 수가 없었는데 단 한마디 소리만 입에서 나오더랍니다. 성찬 전례 중에 빵 조각을 들고 하늘을 우러르며 "그리스도의 몸" 하고 말하는 바로 그 말씀입니다. 신기한 일이지요. 예수님이 빵으로 변해 우리 몸속에 오시는 신비를 경험하는 예절의 상징적 표현인 그 말 한마디만은 입 밖으로 나올 수 있었다는 게 신기하지 않을 수 없습니다.

그런 생각을 하며 빵 한 조각 앞에서도 밥 한 그릇 앞에서도 감사하는 마음을 갖습니다. 시래깃국 한 그릇 앞에 놓고 잠시 묵상하며 겸허해지고자 합니다. 죽 한 그릇 앞에서 이것을 먹어도 될 만큼 오늘 하루 부끄럽지 않게 살았는지 자신을 돌아보고, 사물을 존중하고 사람을 섬기는 삶을 살아야 한다는 생각을 합니다.

4부

우리가 사랑한 꽃들은
다 어디에 있는지요

바람이 분다, 떠나고 싶다

"바람이 분다, 떠나고 싶다."

그렇게 허공에 씁니다.

가을바람이 내 옆에 와 살을 천천히 쓰다듬는 게 느껴집니다. 소슬한 가을바람을 앞세우고 떠나고 싶습니다. 발레리는 "바람이 분다, 살아야겠다" 말했지만, 그런 말이 입에서 저절로 터져나오는 해변으로 가고 싶습니다.

내가 살고 있는 곳이 사막 같다는 생각이 들 때면 떠나고 싶어 견딜 수가 없습니다. 숨을 제대로 쉴 수 없는 모래 도시 같다는 생각이 들 때면 벗어나고 싶습니다. 파도치는 곳으로 달려가고 싶습니다. 숲 우거진 그늘을 찾아가고 싶습니다. 나무 아래 진종일 누워 있고 싶습니다. 먹지도 않고 말하지도 않고 나무의 그림자나 비릿한 물

217

냄새를 덮은 채 누워 잠들고 싶습니다.

너무 많은 것들에 둘러싸여 내가 어디에 있는 건지 모를 때면 벗어나고 싶습니다. 빈 몸으로 훌쩍 떠나고 싶습니다. 모르는 사람들, 낯선 풍경들 속에 들어가 이방인처럼 떠돌고 싶습니다. 참을 수 없을 때는 지금 서 있는 자리에서 지워져버리고 싶습니다. 내 앞에 놓여 있는 것들을 모두 반납하고 홀가분한 몸으로 문을 나오고 싶습니다.

그때도 그랬습니다. 군에 입대하기 이틀 전 나는 무작정 경부선 열차를 탔습니다. 혼자였습니다. 다른 사람들은 군대에 가기 전에 애인과 마지막 며칠을 보낸다는데 나는 혼자 있고 싶었습니다. 소주 한 병을 사서 주머니에 넣고 열차를 탔습니다. 나를 스쳐지나가며 빠르게 사라지는 차창 밖의 풍경을 바라보면서 술을 마셨습니다. 과거를 향해 천천히 되감기는 풍경들을 떠올리며 말없이 술을 마셨습니다. 검표원이 다가와서 표를 보자고 하는데 주머니에선 술병만 나오고 아무리 뒤져도 표가 없었습니다. 분명히 표를 사서 자리를 잡고 앉았는데 어디서 빠졌는지 주머니에 열차표는 들어 있지 않았습니다. 종착역까지 그냥 갔습니다.

종착역에 내려서는 어디로 가겠다는 목표도 없었습니다. 목표가 없는 그것이 좋았습니다. 목적지를 버리고 그냥 여기저기를 걷는 게 좋았습니다. 어둠과 흥청거리는 불빛을 따라 지향 없이 걸었습니다.

이름표도 일터도 직책도 없이 낯선 얼굴이 되어 걷는 게 좋았습니다. 그 낯섦과 객창감과 소외감을 끌어안은 채 허름한 여관에 허리를 눕히고 혼자 자는 적막한 일박이 좋았습니다.

그러다 갈대가 보고 싶었습니다. 을숙도를 찾아갔습니다. 갈대숲 사이에 앉아 "갈밭이여 너도 한잔하거라, 숨어사는 새들이여 너도 한잔하거라, 갈대숲 사이에 앉아 머리 풀고 우는 사람이여 당신도 한잔하거라" 그렇게 말하면서 혼자 마시는 낮술이 좋았습니다. 그동안 내가 쌓은 것 내가 가진 것 그것들을 다 반납하고 간다고 생각하며 홀가분해지려고 애썼습니다.

내 앞에는 크고 낯선 세계가 기다리고 있었습니다. 산다는 것은 늘 낯선 세계와 마주한다는 것입니다. 버리고 다시 시작하고 다시 시작할 때마다 낯선 세상과 처음 인사를 주고받으며 조금씩 서로를 익혀간다는 것입니다. 그게 인생길이라는 걸 생각하였습니다. 익숙한 곳에서만 깃들어 살면 편하기는 하지만 새로운 생을 살 수 없습니다. 버리고 다시 시작하지 않으면 거듭날 수 없습니다. 일어나 문을 열고 나가지 않으면 새로운 세상과 만나지 못합니다.

바람만 불면 떠나고 싶고 과꽃이나 억새풀만 흔들려도 함께 흔들리며 떠나고 싶어지는 것도 그런 새로운 것과 만나고 싶은 열망 때문일 것입니다. 어디선가 억새풀이 무더기로 흔들리고 있다는 생각을 하면 못 견디게 떠나고 싶고, 어디선가 강물이 저 혼자 가을 깊은 곳으로 흘러가고 있다는 생각을 하면 달려가고 싶어지는 것도 그 때문일 것입니다.

깊이 들여다보기

아침에 방을 쓰는데 벌레 한 마리가 쪼르르 기어갑니다. 호박씨만한 크기의 벌레는 수많은 다리를 바쁘게 움직이며 연분홍빛 몸을 끌고 갑니다. 겨우내 어디 흙벽 속이나 어두운 곳에 숨어 있다가 이제 움직이기 시작한 것 같습니다. 연못에도 작은 물벌레들이 물에 잠긴 팽나무 잎 사이를 오르내리는 게 보입니다. 겨울에 가뭄이 심해 바닥까지 물이 말라 있거나 얼음이 두껍게 얼어 있는 날이 대부분이었는데 어디서 목숨을 유지하고 살았는지 신기하기만 합니다. 가마솥 아궁이 옆에 풀 한 포기가 손바닥만하게 초록 잎을 내밀고 있고 오랜만에 멧비둘기 울음소리도 들리고 쇠딱따구리가 작은 부리로 나무둥치를 쪼는 소리도 들립니다.

방안에서 겨울을 난 우리는 잘 모르지만 한데서 겨울을 난 것들은 서로 무슨 신호를 주고받는지도 모르겠습니다. 그걸 풀들이 주도하는지 새들이 나팔수 노릇을 하는지 자세히 알 수는 없지만 자기들끼리는 밖으로 나와 돌아다닐 때가 되었는지 아닌지를 서로서로 알려주는 것 같습니다. 사람의 귀와 눈과 코와 피부로는 감지가 되지 않는 어떤 소리와 온도와 빛이 있어 그걸 알고 이렇게 분주하게 움직이나봅니다. 나는 오늘 아침 그것들이 부지런하게 움직이며 천지에 봄을 만들어가는 것을 보았습니다.

풀 한 포기 나무 한 그루 새나 벌레 한 마리의 목숨도 하찮은 것이 아님을 가장 가까이서 느낄 수 있는 때가 바로 봄입니다. 새롭게 살아 움직이는 모습이 가상하고 신비하고 사랑스럽습니다. 그 작은 것들도 이렇게 온전한 생명이구나 하는 걸 알게 됩니다. 온통 죽음과 적막뿐이던 잿빛 대지 아래서 다시 살아나고 목숨을 이어가며 몸 전체로 생명이 어떤 것인가를 알려줍니다. 내 생명과 꽃다지의 생명이 다르지 않고 내 존재와 고라니의 존재가 큰 차이가 없음을 알게 합니다. 짐승도 벌레도 다 하루치의 자기 목숨을 이어가기 위해 고단한 삶을 살고 있습니다. 자기 목숨을 해치는 것들에서부터 자신을 지켜가기 위해 긴장을 늦추지 못하고 있고 여럿 속에서 소외될까봐 두려워하며 더불어 사는 방법을 익히지 않으면 안 된다는 걸 배웁니다. 목마름과 허기와 사랑을 알고 기다리는 법을 압니다.

청화 스님은 "천지는 나와 더불어 뿌리가 같고, 만물은 나와 더불어 하나"라고 하셨습니다. 내 생명이나 자연 만물의 생명이 다 하나의 생명이라고 하십니다. '일체중생 개유불성'입니다. 모든 목숨 있는 것들은 다 불성을 가지고 있다는 것입니다. 그래서 평등해야 한다고 하십니다. 그것들이 하나의 불성으로 묶여 있다는 동일성을 자각하고 동체대비同體大悲의 사상을 가져야 한다는 것입니다. 내 몸과 똑같이 생각하고 큰 자비의 마음을 가지고 천지만물을 보라는 것입니다. 내 뼈가 꺾일 때 아프면 나무도 그렇게 아픔을 느낄 것이고 산짐승이 덫에 걸려 죽어갈 때 내 목숨이 그렇게 죽어가는 것처럼 아파하는 것, 그것이 동체대비의 마음입니다. 내 몸이 겪는 통증을 짐승도 똑같이 느끼고 내가 갖는 두려움과 환희를 풀과 나무와 산과 물도 똑같이 느낀다고 생각할 줄 알게 되면 하찮아 보이는 미물도 함부로 해칠 수가 없는 것입니다.

　우리는 그런 큰스님들처럼 깨달음의 경지에 이르지 못해 천지만물이 다 부처로 보이지는 않지만 그러나 생명을 가진 것들은 어떤 것이든 소중하지 않은 것은 없다는 생각은 할 수 있습니다. 아니 하찮아 보이는 것들이 비로소 소중하게 보이는 시기를 거쳐 인간의 인간다운 영역은 넓혀져왔습니다. 어린이가 어린이라는 이름으로 대접을 받아온 것이 언제부터였습니까. 채 100년이 되지 않습니다. 어린이라고 부르는 말조차 없었습니다. 몇 해를 키워본 다음에야 호적에 이름을 올렸고 질병과 굶주림 속에서 죽지 않고 살아남아야 비로소 사람 구실을 할 수 있다고 생각했습니다. 여자아이는 키워서 남에게 주어버리는 존재처럼 취급당했고 자라서도 제대로 사람 대접을 받지 못했습니다. 그들에게 시민으로서의 권리가 주어진 것이 얼마나 됩니까. 해월 최시형 선생이 어린이든 여자든, 가난한 사람이든 천한 사람이든 사람 대하기를 하늘같이 하라고 말하는 것이 반역의 사상을 퍼뜨리는 일로 매도당하던 것이 불과 백 몇십 년 전입니다.

그러나 그런 역사를 한 단계씩 거치며 비로소 세상이 인간다운 모습으로 조금씩 변해왔습니다. 흑인들이 그렇게 노예에서 인권을 가진 인간으로 대우받았고, 노동자들이 인간답게 살 권리를 가진 동등한 인간으로 인정되었습니다. 장애인들에게 관심을 갖기 시작한 것이 얼마나 되었습니까.

자연에 대해서도 이제 똑같이 동체대비의 마음을 가져야 한다고 말할 때 많은 저항감을 가질 수 있습니다. 그러나 노예와 천민과 여성과 흑인과 장애인 들도 똑같이 인간다운 권리와 인격을 가진 존재로 대해야 한다고 말할 때 당대 사회도 그 요구에 대해 강하게 저항하였고 힘으로 억누르곤 했습니다. 그러나 결국 그것들을 인정하지 않을 수 없었고 그것을 인정한 것이 "네 이웃을 네 몸같이 사랑하라"는 하느님의 말씀에도 맞는 길이었음을 인류의 역사는 보여주고 있습니다.

네 이웃을 사랑하는 것이 곧 나를 사랑하는 것이라 하셨습니다. 하느님은 내 속에도 자리하고 계시고 내 이웃의 가슴속에도 계십니다. 좋은 옷을 입고 주일날 교회에 나와 기도하는 사람만이 내 이웃은 아닙니다. 예수님은 그런 사람들만의 주님이 아니었습니다. 어부와 막노동꾼과 손가락질 받는 자와 병든 자와 소경과 앉은뱅이 같은 장애인들과 창녀의 예수님이기도 하셨습니다. 백인들만의 예수님이 아니라 유색인의 예수님이기도 했습니다. 그 모든 사람들을 평등하게 대하고 사람답게 대하는 사람이야말로 당신의 오른편에 앉을 수 있다고 하셨습니다.

더 나아가 사람과 자연 만물과 미물들까지도 평등하게 대하는 것, 그것이 사랑이요 자비입니다. 아주 조금씩 잎을 내밀고 눈을 틔우고 대지를 푸른빛으로 바꾸어가는 뭇 생명들의 움직임을 가까이에서 지켜보면서 자비의 마음을 갖게 하는 계절이 봄입니다. 조용히 움트는 버들개지를 들여다보다가 마음이 겸허해지는 계절이 봄입니다.

영문학자 박혜영 교수는 2004년 '올해의 평화상'을 받은 인도의 여성 작가 아룬다티 로이에 대해 이야기하며 왜 우리가 다른 존재를 깊이 들여다보아야 하는지에 대해 이렇게 말합니다.

"어떤 존재이건 일단 깊이 들여다보면 결코 우리와 연결된 그 고

리를 쉽게 잘라내지 못할 것이다. 가령 맑은 강물을 깊이 들여다본 사람이라면 그 물속에 시멘트를 쏟을 수 없을 것이다. 나무가 자라는 것을 두고두고 지켜본 사람이라면 그 나무를 베어내지 못할 것이다. 또 죽어가는 동물의 눈을 오래 들여다본 사람이라면 결코 덫을 놓을 수 없을 것이다. 우리가 다른 존재를 처음 사랑했을 때의 그 착한 설렘을 기억하고 있다면 결코 다른 존재의 고통과 슬픔에 대해 눈을 감을 수 없을 것이다."

내 앞에 있는 것을 깊이 있게 들여다보기 시작하는 것은 다른 존재를 이해하기 시작하는 일이며 사랑과 동체대비의 마음을 갖는 일입니다. 내 앞에 있는 것들을 타자로 대하지 않고 나와 똑같은 생명이라는 동일성을 자각하는 일입니다. 지금 내가 서 있는 곳에서 한 발짝만 걸어나가면 우리는 이제 막 눈뜨기 시작하는 생명들을 만날 수 있습니다. 사랑하지 않고는 견딜 수 없는 것들로 봄의 대지는 차오르고 있습니다. 그것들을 오래오래 지켜보시기 바랍니다. 사랑은 깊이 있게 들여다보기 시작하는 데서 시작된다고 했습니다.

가장 아름다운 색깔

가장 아름다운 색깔은 어떤 색일까요? 가을 저녁노을이 지면서 이루어지는 어떤 순간의 복숭앗빛, 바람에 조금만 흔들려도 향기가 진하게 날아오는 라일락의 연보랏빛, 밤사이에 눈이 내려 아직 녹지 않은 채 나뭇가지에 쌓여 있는 숫눈의 희디흰 순백색, 첫 아기에게 젖을 물리고 있는 젊은 엄마의 보얀 젖빛과 아기의 살빛, 누구든 그 옆에서 꽃처럼 아름다워지고 싶어 가슴이 콩당거리는 4월 유채의 노란빛, 튤립의 진한 빨강색……

그리고 빼놓을 수 없는 것이 4월에 나무의 여린 새잎들이 막 돋아나기 시작할 때 나뭇잎의 연둣빛입니다. 연둣빛은 생명의 빛깔입니다. 생명은 바로 이 연둣빛에서 시작하는구나 하는 생각을 하게 하는 빛입니다. 그래서 이제 막 돋아나기 시작하는 봄의 나뭇잎들은 버드나무 잎, 자두나무 잎, 모과나무 잎, 배나무 잎, 도토리나무 잎, 떡갈나무 잎, 고로쇠나무 잎 어느 것 하나 사랑스럽지 않은 것이 없습니다. 그 잎들은 가까이서 보아도 예쁘기 그지없지만 어린 몸을 조금씩 키워갈 무렵이면 가까이서 나뭇잎의 빛깔을 보는 것보다 좀 거리를 두고 떨어져서 바라보는 산 풍경이 장관입니다. 가까운 데서 활엽수들이 만드는 연둣빛, 그리고 군데군데 침엽수들이 지니고 있는 초록빛, 그것들이 모여 이루는 신록의 빛만으로도 충분히 아름다운데 산벚나무의 은은한 연분홍이 연녹색 잎들과 어울려 이루어내는 아름다움은 1년 중에 가장 으뜸입니다. 연녹색 나뭇잎 빛깔은 산벚나무 연분홍을 만나 더욱 맑아 보이고 산벚나무의 은은하게 밝은 빛은 연록색의 풍경과 만나 그 빛이 더욱 고아해 보입니다. 두 빛이 서로 어울려 이루는 조화로운 아름다움의 극치를 보여줍니다. 그런 풍경을 봄이면 어디서나 볼 수 있겠지만 나는 곡우가 지날 무렵 피반령 고개를 넘으면서 해마다 이런 아름다움에 빠져 걸음이 앞으로 잘 나아가지지 않습니다.

꽃이든 산과 들의 풍경이든 그것 하나로 아름다운 빛깔이 많지만 그래도 몇 가지 빛이 모여 이룬 조화로운 빛을 따를 수는 없습니다. 조화란 어울림을 말합니다. 조화로운 아름다움이란 서로 잘 어울리는 아름다움을 말합니다. 원래 조調는 곡조의 준말입니다. 음악과 노랫말의 가락을 일컫습니다. 그리고 화和는 부는 악기입니다. 모양이 생황과 같이 생겼으며 열세 개의 관으로 되어 있는 관악기의 한

가지입니다. 그 두 가지가 잘 어울려 아름다운 음악을 빚어내는 것을 조화라고 합니다. 그윽한 음악이 되는 정경이 조화인 것입니다.

그런가 하면 또 조調는 품격을 높고 깨끗하게 가지려 하는 행동을 말하며 화和는 서로 뜻이 맞아 사이좋은 상태를 말합니다. 그러니까 조화로운 상태는 서로 뜻이 맞아 좋은 모습을 유지하면서 서로 잘 어울리는 모습으로 인해 품격이 높아진 아름다움을 말하는 것입니다.

곡우 무렵 신록의 잎들과 산벚나무의 꽃빛이 모여 이루는 산 풍경이 바로 조화로운 아름다움이 갖추어야 할 것을 골고루 갖춘 아름다움의 한 전형을 보여줍니다. 그런가 하면 조팝나무의 눈부시게 흰 꽃무더기가 초록의 잎들과 어울려 만들어내는 조화, 찔레꽃 하얀 꽃과 초록 잎들, 수수꽃다리 흰 꽃송이와 초록 잎 이것들은 녹색과 흰색이 잘 어울려 서로를 돋보이게 만드는 조화로운 모습입니다. 이 두 색깔의 아름다움은 꼭 짙은 향기를 동반하기 때문에 벌들이 잉잉대는 날갯짓이 음악처럼 이 꽃들 주위를 감쌉니다. 곤충들 눈에 가장 잘 띠는 빛깔이 바로 초록 위의 하얀빛이라고 합니다.

초록과 노란색도 서로 잘 어울립니다. 푸른 풍경 속의 유채꽃을 생각해보십시오. 풀밭 위의 민들레 빛깔은 또 어떻습니까. 금단추같은 민들레 노란 꽃은 풀밭 속에서 유난히 반짝입니다. 작지만 양

지꽃 딸기꽃도 눈에 금방 들어옵니다. 노란색은 붉은색과도 잘 어울립니다. 빨간 단풍나무와 함께 있는 노란 은행잎, 그 옆의 붉은 고로쇠나무 잎이나 고동색의 갈참나무 잎, 떡갈나무, 상수리나무 잎. 단풍 든 이런 나뭇잎들이 서로 어울리며 빚어내는 풍경도 아름다운 소멸이 빚어내는 조화로운 빛입니다.

노을빛도 한 가지 빛이 아니라 붉은색 연분홍색, 주황색이 서로 섞이며 바람과 구름과 빛과 시간을 따라 변화해가는 모습이 조화로운 아름다움을 연출합니다. 서로 다른 빛들이 조금씩 서로를 섞어가며 만들어내는 무지갯빛, 색동저고리의 소매, 모딜리아니의 그림보다 아름다운 조선 보자기, 조각난 색색의 천으로 만들어낸 아름다움도 조화를 잘 이루어낸 아름다움입니다.

전혀 상극일 것이라고 생각하는 빛도 어떻게 처리하느냐에 따라 다른 결과를 만들어냅니다. 검은색과 흰색은 서로 상반되는 색이지만 수묵화에서 두 색깔의 빛이 모여 이루어내는 아름다움 또한 깊은 맛을 냅니다. 상대방이 가진 빛깔을 허물어뜨리고 망가지게 할 수 있는 상반된 색깔이지만 얼마든지 서로 잘 조화를 이루기도 하는 것입니다. 검은색과 노란색도 서로 잘 어울릴 것 같지 않은 색이지만 바로 그 점이 서로의 특성을 잘 드러나게 합니다. 건널목 색깔이나 경고 표시에 두 색깔을 대비시켜 서로를 효과적으로 드러나 보이게 하는 색으로 사용합니다.

사람들은 서로 색깔이 다르면 같이 어울리려 하지 않습니다. 어울리려 하지 않는 것이 아니라 헐뜯고 모함하고 비난합니다. 적대감을 갖거나 해치기도 합니다. 서로 색깔이 다르다는 이유로 집단적인 린치를 가하거나 전쟁을 일으키기도 합니다. 색깔이 다른 사람은 인권도 인정하고 싶어하지 않고, 생명까지 마음대로 해도 된다고 생각하기도 합니다. 흑인들과 유색인종에 대한 백인들의 인종차별이 그랬고 유태인에 대한 나치의 만행이 그랬습니다. 매카시는 사상의 색깔이 다르다는 이유로 얼마나 많은 미국의 지식인들을 고통과 파멸로 몰아갔습니까. 말년에 영국 왕실로부터 작위를 수여받은 유명한 희극배우 찰리 채플린도 매카시의 색깔 공세 때문에 많은 고초를 겪은 바 있습니다.

한 가지 색깔만으로 칠해져 있다면 세상은 아름다울 수 없습니다. 노을빛이 사라진 암흑의 하늘은 아름답지 않습니다. 푸른빛을 잃은 밤바다는 두려움의 대상으로 변합니다. 세상을 온통 빨간 빛깔의 꽃으로만 덮는다면 그 꽃이 아무리 아름다워도 사람들은 살 수 없어 할 것입니다. 노란 해바라기가 아무리 아름다워도 모조리 노란 빛으로만 채워놓는다면 정신 착란을 일으키게 될 것입니다.

다양한 색깔들이 서로 공존하는 것은 당연합니다. 그리고 그 빛들이 서로 어울려 조화를 이루는 모습을 우리는 이름답게 바라봅니다. 자연도 그렇고 사람도 그렇습니다. 서로 다른 빛깔이 어울려 내가 돋보이고 나로 인해 다른 빛이 드러나 보이는 그런 삶이 아름답습니다. 조화의 빛은 공생의 빛입니다. 상생과 공존의 빛입니다. 서로 빛깔이 다르기 때문에 세상이 다채롭고 풍요로운 것입니다. 나와 다른 빛깔의 사람들이 있기 때문에 내가 더 알아가야 할 영역이 있는 것이고 상대방을 존중하면서 풀어나가야 할 미완의 과제들이 있는 것입니다. 그런 과제를 해결해가며 역사는 진보하는 것입니다.

산나물

창포꽃이 피었습니다. 오늘 누가 오려나봅니다. 모란이 짙은 빛깔의 꽃 문을 열었습니다. 오후에 누가 올 것 같습니다.

낮에도 소쩍새 울 때가 있습니다. 울다가 울음을 뚝 그칠 때가 있습니다. 고개 너머 누가 오고 있는가보다 하고 생각합니다. 그러다 하루가 갑니다. 보랏빛 창포꽃 청초하게 피어 있는 걸 혼자 보기가 아깝습니다. 혼자 보기가 아까워 누군가 이 꽃 보러 올지 모른다고 생각합니다. 며칠째 붓 끝에 짙은 보랏빛 물감을 찍어들고 서 있다가, 무슨 글씨인가를 허공에 쓰려고 생각에 잠겨 있다가, 그만 붓끝을 풀어헤친 창포꽃 붓꽃들이 쓰고 싶어했던 글씨는 무엇이었을까요.

불립문자不立文字. 군이 글자로 전하지 않아도 된다고 믿었던 그 마음을 아직 다 읽어내지 못하고 나는 그저 꽃 앞에 앉아 있습니다. 꽃들도 구태여 말로 표현하지 않아도 된다고 생각하며 그저 그렇게 연못가에 바위 아래에 있습니다.

내가 있는 이 집에는 화분이 없습니다. 화분을 만들어 따로 방안에 꽃을 꽂아놓은 필요를 느끼지 못합니다. 연못가의 창포가 커다란 꽃병입니다. 우물가의 모란꽃 무더기가 그저 그 자체로 수반입니다. 꺾어다 따로 꽂을 필요가 없습니다. 철따라 피는 꽃, 피어서 아름다운 꽃들이 내 것이라고 생각지 않습니다. 그들도 다 이 집의 주인이라고 생각합니다. 내가 주인이 아니라, 나만 주인이 아니라, 붓꽃도 연꽃도 꽃마리도 매발톱꽃도 상사화도 대추나무도 두충나무도 자귀나무도 다람쥐도 다 이 집의 주인이라고 생각합니다. 그들이 다 내 소유라고 생각지 않습니다. 우리 모두가 다 저마다 이 집의 주인이고 이 우주의 주인이며 저마다 다 하나씩의 작은 우주요 주체라고 생각합니다.

지난주엔 산나물을 뜯으러 온 할머니들이 이렇게 나물이 천지인데 왜 그냥 두고 있느냐고 하면서 따라 오라 하기에 뒤를 쫓아갔습니다. 마당가 잔디밭 옆에 이파리가 세 잎씩 돌려난 풀을 가리키며 거렁대나물이라고 가르쳐주고는 끓는 물에 살짝 데친 다음 들기름에 무쳐서 먹는 거라고 가르쳐주셨습니다.

대궁을 꺾어서 씹어보라고 하더니 무슨 냄새가 나느냐고 묻기에 오이 냄새가 난다고 했더니 오이꽃나물이라고 가르쳐줍니다. 그렇게 둥글레, 승하추나물 등등의 이름을 일러주시며 산으로 올라가는 할머니들을 따라가며 나물을 뜯다가 걸음을 멈추었습니다. 이 할머니들은 어려서부터 이 동네에서 살았던 노인들입니다. 오후에 돌아갈 때는 자루에 나물이 가득합니다. 마당 바로 옆에서 향기를 가득가득 쏟아내던 나무의 여린 꽃들도 고춧잎나물이라고 반색을 하더니 다 훑어갔습니다.

산나물의 이름을 여기까지만 알아야겠다고 생각했습니다. 그렇지 않아도 훑잎나물, 고사리, 돌미나리, 머위, 두릅순, 어린 뽕잎 이런 것들을 따다 먹고 있는데 너무 많은 것들을 알고 나면 산에 있는 풀들을 다 먹을 것으로만 대하게 될까 두려웠습니다.

사람들이 좋아하는 것일수록 나무와 풀들은 자신을 지키기에 필사적인 노력을 다하는 모습이 안타깝기 그지없습니다. 두릅나무가 특히 그렇습니다. 사람들의 눈에 띄기만 하면 새순을 빼앗기기 때문에 두릅나무는 자신의 몸을 촘촘히 가시로 둘러쌉니다. 그리고 나무 줄기를 사람 손이 닿지 않도록 길게 키우는 일에 매진합니다. 사람 손에서 벗어나서 순을 살리고 잎을 피우기 위한 싸움은 이런 산속에서도 6월까지 계속됩니다. 순이 자라서 손가락 크기만하게 자라기 무섭게 사람들이 꺾어가기 때문에 두릅나무는 아마 어떤 동물의 발소리보다도 사람 발소리를 두려워할 것 같습니다.

옻나무 순이 독한 기운을 뿜어내는 것도 자신을 지키려는 이유입니다. 한 뼘 넘게 순을 키워 안심을 하려고 할 때의 여린 순을 사람들이 제일 좋아하기 때문에 만지면 피부에 병이 생기는 독을 뿜어서라도 자신을 지키려고 합니다.

사람들은 모든 것을 인간 위주로 생각합니다. 인간이 필요한 것과 인간에게 유익한 것을 우리 마음대로 먹고 가져가고 지배하고 다스리고 죽여도 된다고 생각합니다. 인간에게 유익하면 좋은 짐승이 되고 조금이라도 해를 끼치면 금방 제거해버립니다. 인간에게 해를 끼치지 않으면 좋은 새 좋은 벌레지만 해가 되면 바로 죽여 없앱니다.

단점이 있는 것은 다 죽여도 되고 사라져도 된다고 생각하는 것은 인간 위주의 판단일 뿐입니다. 바퀴벌레는 해가 된다고 다 죽여 없애려 하지만 하수구 슬러지의 80퍼센트를 먹어치우는 역할을 하고 있는 것이 또한 바퀴벌레라고 합니다. 이 세상 모든 생명체는 다 저마다 역할이 있고 그것 자체로 존재의 이유가 있는데 인간이 당장의 이해관계만으로 죽이고 없애도 된다고 생각하는 것은 지나친 것입니다.

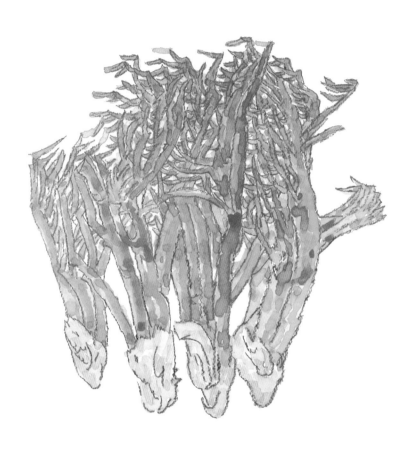

두릅2017이인

이 자연 속에서 살아 움직이고 있는 것은 모두 하나입니다. 저마다 다 소중한 생명이고 인간도 그 속에 하나의 생명으로 속해 있는 존재입니다. 지배하지 말고 함께 살아야 할 존재입니다.

창포꽃이 나를 그윽하게 바라봅니다. 산벚나무가 나를 편안하게 내려다보며 푸른 이파리를 천천히 흔듭니다. 둥글레가 작고 앙증맞은 방울들을 흔들며 무슨 신호인가를 보냅니다. 오늘밤에는 별들도 나를 다정하게 쳐다보다가 잠들 것 같습니다.

조화로운 소리

불을 끄고 누워도 달빛이 방안 깊숙이 들어옵니다. 열이레 달인데도 숲 전체를 훤하게 비춥니다. 무논으로 굴러들어가 어린 모가 잘 자라도록 어깨를 쓰다듬어주기도 하고, 연못 속의 도롱뇽 어린 새끼들이 연잎 아래 깃들어 잘 자고 있는지 들여다보기도 합니다. 혼자 잠 못 들어 뒤척이는 산골 사람들의 방안도 다 들러서 내 방까지 왔을 것입니다. 그냥 떠 있어도 휘영청 밝은데 창 안으로 달빛을 길게 들여보내고 있습니다. 달 하나만 곁에 있어도 외로움이 훨씬 덜합니다. 고마운 달입니다.

달빛 아래 누워 있다가 25현 가야금 연주를 듣습니다. 가야금 줄을 스물다섯 줄로 개량한 25현 가야금 소리는 유려하고 밝습니다. 마음의 걸음이 가뿐가뿐해지고 경쾌해지지만 가볍지 않습니다. 숲이 너무 고요하여 가야금 소리가 하늘의 달에게까지도 들릴 것 같습니다. 달이 듣는 소리를 별들도 알아듣고 얼굴을 지상으로 조금 더 가까이 내미는 듯싶습니다. 가야금 소리의 물결이 별빛으로 튀어올라 귀밑머리를 흔들며 지나갑니다. 스물다섯 줄에서 흘러나오는 소리는 소리의 물결이라고 표현하는 것이 어울릴 것 같습니다. 옛것에서 시작하였으되 더 새로워진 소리. 법고창신 한 소리입니다. 법고창신 하였으면서 더 조화로워진 소리입니다. 마음을 편안하게 해주는 소리, 더 은은하게 아름다워진 소리의 무늬 위에 누워 있노라니 밤새들까지 이 소리 알아듣고 느릿느릿 화음을 더합니다.

줄 하나하나가 같지 않음으로 하여 어울려 나오는 조화로운 소리. 그렇게 이루는 화음은 오묘합니다. 굵기도 다르고 길이도 다르고 높이도 달라 음악이 되는 이치를 가야금은 가르쳐줍니다. 소리의 높낮이도 없고, 길고 짧음도 없이 똑같았다면 아름다운 소리를 이루어내지 못했을 것입니다. 화이부동和而不同하는 소리입니다. 조화를 이루고 화합하지만 똑같지는 않은 상태를 화이부동이라고 합니다. 제 소리와 다른 소리가 어울리면서 서로를 살리는 소리입니다. 한 소리가 다른 소리를 지배하지 않고 작은 소리가 큰 소리를 따라다니며 제 소리를 잃어버리지 않아야 낼 수 있는 게 악기 소리입니다. 소리마다 제 음을 지니면서 뇌동부화하지 않아야 유려한 음악을 이루어낼 수 있습니다.

소리만 그런 게 아닙니다. 사람살이도 그렇습니다. 각자 자기가 지닌 음색이 살아 있어야 합니다. 그리고 그런 자기 소리가 다른 소리와 어울리면서 조화를 이루어야 합니다. 한 사람이 다른 사람에게 자기 목소리만을 따르도록 강요해서는 안 됩니다. 아버지가 아들에게, 남편이 아내에게, 상사가 자기 부서 직원들에게 똑같아지기를 강요해서는 안 됩니다. 그러면 조화가 아닙니다. 상생의 소리가 못 됩니다. 획일화되기를 요구하면 창조적인 삶은 거기서 멈춥니다. 말 없는 순종, 복종 뒤에 따라오는 침묵을 보고 좋아한다면 그는 전체주의적인 사고에 길들여 있는 사람입니다. 아버지와 다른 소리를 낼 때 거기서 원효 같은 인물이 나오고 다시 그 원효 같은 스님에게서 설총 같은 유학자가 나오는 것입니다. 한 사람의 소리는 강하게 살아 있는데 다른 소리들은 죽어 있다면 그건 음악이 아닙니다. 조화로운 삶은 서로 다른 소리들이 서로를 받아들이고 서로에게 잘 스미면서 만들어집니다. 조화로운 삶이야말로 좋은 인생입니다.

그러나 동이불화同而不和하는 사람들은 얼마나 많습니까. 같은 부분이 많은데도 화목하게 지내지 못합니다. 서로 공유해온 삶도 많고 동질적인 요소가 많음에도 조화롭게 지내지 못하는 사람들입니다. 한쪽이 다른 쪽을 지배하려고 하고 힘으로 누르려 하기 때문에 화합이 되지 않습니다. 양보와 이해와 관용과 포용은 손해 보는 일이 아닙니다. 양보하면 불편할 것 같지만 마음이 더 편안해집니다. 이해하면 내가 시는 것 같지만 나와 그까지 더 잘 아는 사람이 됩니다.

관용하면 더 큰 사람이 되고 포용하면 더 넓은 사람이 됩니다. 결국 손해 보는 사람은 편협하고 독선적이고 옹졸하고 자기밖에 모르는 사람입니다.

가야금 소리를 베고 달빛을 덮고 잠이 들었다가 아침에는 새소리에 눈을 떴습니다. 어떤 새는 또부르르또부르르쩍 하고 울고 어떤 새는 토끼야토끼야 하고 토끼를 놀리는 소리를 냅니다. 째재발째재발 우는 새도 있고 찌르찌르찌르 하고 우는 새도 있습니다. 멧비둘기 소리는 네뒤에그애공 네뒤에그애공 하는 낮은 음으로 깔립니다. 호랑지빠귀, 딱따구리, 산까치, 뻐꾸기, 검은등뻐꾸기 온갖 새들이 우는 아침은 새소리로 더욱 신선하고 맑습니다. 서로 다른 소리가 가득해도 그래서 더욱 듣기 좋습니다. 저마다 제 소리를 가진 그 새들 하나하나가 이 숲의 주인입니다. 조화로운 음악은 사람만 만들어내는 게 아닙니다. 새도 꽃도 숲도 다 조화롭게 사는 게 가장 좋은 삶임을 압니다. 그게 가장 좋은 선택입니다.

가을 숲의 보시

뒷산을 둘러보고 내려오는데 산발치와 밭두둑에 멧돼지가 주둥이로 파헤친 자국이 여기저기 나 있어 이상하다 싶었는데 아니나 다를까 고구마밭을 몽땅 뒤집어놓았습니다. 고구마란 고구마는 다 먹어치우고 잔챙이 몇 개만 남겨놓았습니다. 크고 작은 발자국을 보니 여러 마리가 몰려와서 포식을 하고 간 것 같습니다. 멧돼지는 새끼들까지 다 데리고 몰려다니니 우리 밭에도 멧돼지 식구 전체가 함께 다녀갔을 겁니다. 어떤 녀석은 드러누워 등을 풀밭 언덕에 문지르며 놀다 간 것 같습니다. 풀들이 많이 이지러져 있습니다. 이래저래 올해 가을에는 거두어드릴 것이 별로 없습니다. 손가락 두세 개 정도 크기의 고구마 대여섯 개 주워들고 밭을 내려왔습니다.

마지막으로 자신을 불태우고 서 있는 나무들로 인해 산은 홍엽으로 가득 물들었습니다.

> 버려야 할 것이
> 무엇인지를 아는 순간부터
> 나무는 가장 아름답게 불탄다
> 제 삶의 이유였던 것
> 제 몸의 전부였던 것
> 아낌없이 버리기로 결심하면서
> 나무는 생의 절정에 선다
>
> ― 졸시 「단풍드는 날」 부분

　이런 시를 쓴 적이 있습니다. 단풍으로 몸을 바꾸어야겠다고 나무가 판단하는 순간은 버려야 할 것이 무엇인지를 생각하는 순간입니다. 아침저녁으로 살갗에 다가오는 기온이 점점 차가워지고 있는 걸 느낄 때, 낮아진 밤 기온을 나뭇잎이 견디기 힘들어하는 것을 보았을 때, 나무는 버려야 할 것이 무엇인지를 생각했을 것입니다. 밤을 새우고 난 나뭇잎이 새파래진 입술로 부들부들 떨고 있는 것을 바라보며 나무는 이제 무엇이 이 숲에 찾아올 것인지를 압니다. 나뭇잎은 포근한 봄날과, 햇빛, 바람, 수분 이 모든 것이 풍요롭기만 하던 여름만을 겪어보았지만 나무는 수십 번의 겨울을 겪어보았기 때문입니다.

나무는 무너지는 푸른빛을 거두어들이며 붉은빛을 꺼내놓습니다. 이것도 나뭇잎 안에 가지고 있던 것입니다. 이 세상 모든 생명체가 그러하듯이 나뭇잎 안에도 강렬함과 온유함, 열정과 냉정, 정과 동, 평온한 빛과 치열한 자기 색깔이 함께 들어 있는 것입니다. 푸른빛을 붉은빛이나 노란빛으로 변화시키는 게 아니라 푸른빛이 무너지자 붉은빛을 내놓는 것입니다. 이미 나뭇잎 안에 붉은빛이 준비되어 있었던 것입니다. 푸른빛이 자신을 지키지 못하고 쓰러지는 날이거나 밤바람이 차가운 날일수록 더욱 선명하게 붉은색을 밖으로 내보냅니다. 계곡이나 물가에 서 있어서 새벽이면 더욱 싸늘해진 물줄기 때문에 무척 힘들어하면 물푸레나무는 그해의 가장 빛나는 붉은빛을 몸 밖으로 내보냅니다. 그래서 계곡 옆에서 자라는 나무들의 단풍이 더욱 붉게 빛나는 것입니다.

그렇게 타오른 순간순간 나무는 자기 생의 절정에 섭니다. 꽃보다 더 아름답게 불타며 천천히 자기가 가장 아끼던 것, 제 몸의 일부였던 것들을 지상에 내려놓습니다. 나뭇잎들도 단풍이 든다는 것이 자기 생의 무엇인지를 천천히 깨달으며 제 몸에 남아 있던 생명들을 나무줄기로 돌려보냅니다. 나무도 그렇게 소멸에 대한 자기 준비를 합니다. 그러고도 남은 것이 있으면 나뭇잎은 그것을 벌레에게 주고 그래도 남아 있는 몸이 있으면 다른 몸들과 합쳐 숲의 이불이 되기도 하고 방호벽이나 양탄자가 되기도 하다가 잘게잘게 제 몸을 쪼개 나무의 양식으로 돌려보냅니다. 그것이 제가 다시 나무의 생명으로 윤회하며 되살아나는 길임을 나뭇잎도 압니다.

　열매들을 보십시오. 나무가 한 해 동안 가장 심혈을 기울여 이룩한 결실. 자기 생을 다시 이어줄 빛나는 생명의 결정체를 어떻게 마무리하는가를 보십시오. 감나무의 감이 만추까지 오게 하기 위해 나무는 얼마나 많은 날을 참고 견뎌냅니까. 아직 어린 열매일 때는 새나 사람이 먹으려 해보았자 떫고 비려 먹을 수 없게 만들어서 열매를 지켰습니다. 도토리나 호두는 과육이 딱딱하여 부리가 잘 들어가지 못하게 해놓고는 열매를 지켰으며, 밤은 가시로 알을 싸서 보호하고 지켰습니다. 나무들은 그것들을 가을까지 자라게 하느라 얼마나 노심초사하였겠습니까. 그 열매들이 온전하게 성숙할 때까지 혼신의 힘을 다해 지키고 키워낸 뒤 이제 그것들을 숲에 되돌려주는 모습이 아름답습니다.

　자신이 심혈을 기울여 키운 결실과 자기 자신이기도 한 그것들을 허락하는 나무의 자세를 보십시오. 산수유는 얼마나 알알이 곱게 다듬은 자신을 숲에 내어놓고 있습니까. 감나무는 딱딱하던 육질을 한없이 부드러운 몸으로 바꾸고 떫은맛을 단맛으로 바꾸어 까치와 새들에게 내어놓습니다. 독한 냄새를 향기로 바꾸고 푸르고 설익어 보이던 빛깔을 붉고 고운 빛깔로 갈무리하였습니다. 밤나무는 가시를 열어제치고 열매를 활짝 드러내어 작은 짐승들에게 나누어줍니다. 신갈나무, 상수리나무는 도토리 열매를 숲 가득 내려놓습니다. 크고

작은 짐승들이 실컷 먹고 저마다 가져다가 제 굴 어딘가에 쌓아놓도록 허락합니다.

그것이 제가 영원히 사는 길임을 나무들은 압니다. 상수리나무는 제 열매를 제 손으로 땅에 심을 수 없습니다. 그러나 다람쥐들이 여기저기 물어다 쌓도록 허락하면 자연스럽게 땅속에 씨앗을 심을 수 있게 됩니다. 너무 많은 열매를 굴이나 땅속에 묻어두는 바람에 열무더기를 물어다 파묻으면 그중 한두 무더기쯤은 잊어버리게 됩니다. 거기서 새순이 움트고 상수리나무 싹이 돋아나는 것입니다. 그게 주면서 다시 생명을 얻는 길임을 나무는 압니다. 밤나무도 그렇고 호두나무도 그걸 압니다.

새들이 먹기 좋은 향내와 빛깔로 제 몸을 바꾸어놓은 열매들은 어두운 창자와 뱃속을 지나 더러운 냄새와 찌꺼기에 섞여 배설물과 함께 낯선 곳에 버려지지만 바로 그 배설물을 거름으로 삼아 싹을 틔우는 것입니다. 많은 나무들이 붉은 빛깔로 곱게 가꾼 열매들을 새들에게 내주는 것은 빼앗기는 것이 아닙니다. 주는 것이 다시 사는 길임을 자연과 인간에게 보여주는 것입니다.

제가 가꾼 것을 움켜쥐고 절대 내놓으려 하지 않는 것이 인간의 속성입니다. 넘치는 결실이 있으면 창고를 어떻게 더 크게 지을 것인가를 먼저 생각하는 것이 인간의 셈법입니다. 나누는 것보다 더 풍요로운 삶은 없다는 것을 식물도 동물도 본능적으로 아는데 인간은 그렇지 않습니다. 쌓아놓기만 하려는 삶은 그래서 자연의 법칙을 따르는 삶이 아닙니다. 모든 것을 경제적인 가치로 바꾸어버리고 경제적인 논리만으로 세상을 바라보는 것은 자연의 순리를 따라 사는 삶이 아닙니다. 단풍 든 나뭇잎이 바람에 몸을 씻으며 내는 소리는 그걸 알아들으라는 자연의 음성입니다.

고구마가 멧돼지 일가족에게 자신을 허락한 걸 보면 나보다 그들에게 몸을 주는 것이 더 나은 일이라고 생각한 것인지도 모르겠습니다. 사람인 나는 고구마가 아니더라도 먹을 것이 있지만 산과 들에 먹을 만한 양식이 거의 다 떨어져가는 늦가을에 그나마 제 몸이라도 허락하여 허기를 면하게 하게 하는 것이 더 나은 공생의 길이라고 생각한 건지도 모르겠습니다. 텃밭 바로 아래 사는 내게는 다가오지 않던 단맛을 산속에 사는 멧돼지들은 느낄 수 있도록 밤마다 흘려놓은 것을 보아도 이건 고구마의 계산된 행동임에 틀림없습니다. 그렇다면 멧돼지와 고구마의 야합을 묵인할 수밖에 다른 도리가 없습니다.

고통을 담는 그릇

뒤뜰에 고라니 똥이 흩어져 있습니다. 어젯밤이나 새벽에 뒷마당에 와 똥을 누고 간 것 같습니다. 아직 마르지 않고 윤기가 반질반질한 걸 보니 똥을 누고 간 지 얼마 되지 않은 것 같습니다. 고추를 따러 아래 텃밭으로 내려가다보니 잔디밭에는 더 많은 고라니 똥 무더기가 놓여 있습니다.

고라니는 쑥갓을 좋아합니다. 저희 텃밭의 쑥갓을 모조리 먹어치웠습니다. 고추순도 좋아하고 콩잎도 즐겨 먹습니다. 텃밭의 쑥갓을 다 뜯어먹은 걸 안 후배는 흥분한 목소리로 약을 놓아서 고라니를 잡자고 합니다. 그 후배도 제가 사는 이 골짜기에 들어와 집 짓고 살기로 한 사람입니다. 저는 웃으며 안 된다고 하였습니다.

"고라니가 좋아하는 풀이나 열매를 우리가 가져다 먹은 게 더 많을지도 모르잖아."

"그때 고라니가 참았다면 우리도 참아야 한다"라고 저는 말하였습니다.

고라니는 쑥갓을 좋아하지만 상추는 좋아하지 않습니다. 그래서 치마상추, 적상추, 겨자상추 어느 것 하나 건드리지 않습니다. 토란도 그냥 두고 근대도 그냥 둡니다. 다만 아욱은 저도 먹고 나도 먹습니다. 내가 점심때 아욱잎을 뜯어다 국을 끓여 먹으면 밤에는 고라니가 내려와 아욱잎을 먹고 갑니다. 그렇게 사는 겁니다. 내가 심은 걸 다 먹었다고 고라니를 죽여야 한다는 건 지나친 생각입니다. 내 말을 듣고 마음이 변한 건지 쑥갓이 먹고 싶어서인지 후배는 다시 밭을 갈아엎고 쑥갓 씨를 뿌렸습니다. 고라니가 와서 또 먹게 되더라도 크게 속상해할 일은 아닙니다.

우리는 작은 일에 크게 화를 내고 사소한 일로 지나치게 흥분하는 경우가 많습니다. 내게 손해를 입히거나 피해를 주면 사람이든 짐승이든 그냥 참고 지나가지 않습니다. 그러다가 작은 일을 크게 만듭니다. 별것 아닌 일로 싸움이 벌어져 그도 상처받고 나도 불행해집니다. 어떤 싸움이든 싸움은 상대방만 다치고 나는 온전한 경우가 없습니다. 서로 크고 작은 상처가 나게 마련입니다.

불행하게 살아가는 사람들은 불행의 원인을 대부분 밖에서 찾습니다. 세상과 시대를 잘못 만나서 불행할 수도 있습니다. 환경이 좋지 않아서 어려서부터 고생을 하였을 수도 있습니다. 사람을 잘못 만나 힘들게 살고 있을 수도 있습니다. 그것들을 고치기 위해 노력해야 합니다.

그러나 내가 만드는 불행도 있습니다. 파스칼은 "몸이 굽으니까 그림자도 굽는다. 어찌 그림자가 굽은 것을 한탄할 것인가" 하고 말합니다. 그는 "내 마음이 불행을 만드는 것처럼 불행이 내 자신을 만들뿐이다"라고도 하였습니다. 내가 내 마음을 다스리지 못해 불행을 자초하면 그 불행이 나를 만들어간다는 것입니다.

매사에 불만이 많아 늘 투덜거리는 스님이 있었답니다. 어느 날 큰스님이 그를 불러 소금을 한 줌 가져오라고 일렀습니다. 그러고는 소금을 물잔에 넣게 하더니 그 물을 마시게 했습니다. 그 뒤에 큰스님이 물었습니다. "맛이 어떠냐?" "짭니다." 제자가 얼굴을 찡그리며 대답하였습니다. 큰스님은 다시 소금을 한 줌 가져오라 하시더니 근처 호숫가로 데리고 갔습니다. 소금을 호수에 넣고 휘휘 저은 뒤 호수의 물을 한 잔 떠서 마시게 했습니다.

"맛이 어떠냐?"

"시원합니다."

"소금 맛이 느껴지느냐?"

"아니요."

그러자 큰스님은 말하였습니다.

"인생의 고통은 소금과 같다네. 하지만 짠맛의 정도는 고통을 담는 그릇에 따라 달라지지. 잔이 되는 걸 멈추고 스스로 호수가 되게나."

그렇습니다. 큰스님의 말씀처럼 고통도 담는 그릇에 따라 달라질 수 있습니다. 내 마음이 물잔만하면 늘 얼굴을 찡그리고 살게 됩니다. 그러나 그 고통을 녹일 수 있는 크고 넓은 수량을 지니고 있으면 내게 오는 고통은 오면서 서서히 녹아 흔적 없이 사라집니다. 마음의 크기는 내가 마음을 어떻게 쓰느냐에 따라 커지기도 하고 작아지기도 합니다. 마음을 크게 쓰는 훈련이 수양이며 극기입니다. 배움이나 기도나 성찰이라는 것이 다 물빛을 다스리는 일입니다. "저 사람은 그릇이 큰 사람이야"라는 말이 바로 이런 경우를 두고 하는 말이 아닌가 싶습니다.

낙엽 이후

마지막 나뭇잎들을 보내기 직전 오후의 피반령 고갯길은 황홀합니다. 구릿빛 참나무 잎들과 주황색과 금색의 의상을 걸친 낙엽송 가지들이 어찌나 서로를 돋보이게 하며 빛나는지 산기슭이 굽이굽이 햇살 속에서 찬란합니다. 이 최후의 며칠간 소멸은 아름다움입니다.

그러나 나무 자신은 어떨까요. 나무도 이 찬란한 소멸의 시간을 아름답게 보내고 있을까요? 안타까워할까요? 나뭇잎들은 어떨까요? 자유로워할까요? 걱정과 근심이 많을까요?

둘 다일 것입니다. 안타까움과 다행스러움. 어쩔 수 없는 체념과 홀가분함. 자유로움과 비통함. 받아들여야 할 운명과 헤어지는 아픔이 교차할 것입니다.

봄날 처음 싹을 내밀 때는 '나를 꼭 잡아주세요' '두려워요' '멀리 가지 마세요' '나 혼자 있으라고요?' '안 돼요' 그랬을 것입니다. 그러다 꽃을 피우고 제법 화색이 돌고 자신감도 생기면 '나 혼자 있게 놔두세요' '나 혼자서도 아름다울 수 있어요' '다른 꽃들과 함께 섞여 있고 싶어' '나 혼자서도 잘할 수 있어' '걱정 마' 그랬을 것입니다.

그러다 잎이 무성해지고 함께 숲을 이루기도 하고 천둥과 번개도 겪은 뒤에는 점점 말이 없어지며 '나를 놓아주세요' '정말 자유롭고 싶어요' '더이상 이대로는 살 수 없어' '열정도 뜨거움도 없는 나날들을 견딜 수 없어' 그런 말들이 오고갔을 것입니다.

어린아이가 그렇습니다. 처음에는 엄마 곁을 떠나 있게 될까봐 악을 쓰고 웁니다. 혼자 있는 건 버려지게 되는 거라고 생각합니다. 두렵게 느낍니다. 어디든 따라가려고 합니다. 엄마와 나는 분리될 수 없는 한몸이라고 생각합니다.

그런 아이가 어느 순간 꼭 쥐고 있는 엄마의 손에서 자기 손을 빼내려고 꼼지락거립니다. 잡고 있는 손을 팽개치고 저 혼자 걸어보려고 합니다. 그러다 넘어지면 얼른 고개를 돌려 엄마를 바라봅니다. 도움을 청하며 울기도 하고 엄살을 떨기도 합니다. 혼자 있으려는 생각과 붙잡아주기를 바라는 마음이 되풀이됩니다.

그러다 목소리가 변하고 가슴이 봉긋해지기 시작하면 "혼자 있게 놔두세요" 하고 소리칩니다. 제 방문을 쾅 닫고 들어가기도 하고, 방문을 안에서 걸어 잠근 채 누군가와 오래 전화를 하기도 합니다. 그러다 더 시간이 지나면 "나를 놓아주세요" 하고 거침없이 말합니다.

사랑하는 사람들도 그렇습니다. 사랑이 시작될 때는 항상 같이 있으려고 합니다. 시간시간 서로 어디 있는지를 확인하고는 안심합니다. 떨어져 있으면서도 심리적으로는 같이 있는 것입니다. 같이 있고 싶은 것입니다. 한몸이고 싶어합니다. 한몸이라는 것을 자주 확인하고 나서야 안심이 됩니다. 서로 "나를 꼭 잡아주세요" 하고 말하며 의지합니다. 그러다 어느 순간부터인가 혼자 있고 싶어집니다. 우리는 있는데 나는 없는 것처럼 느껴지고 답답해집니다.

그러다 천둥 번개도 치고 폭풍우도 겪고 나면 "나를 놓아다오" 하는 말이 불끈 불끈 솟습니다. 열정도 설렘도 없는 하루하루를 산다는 게 견딜 수 없어집니다. 자유로워지고 싶고, 나를 구속하는 것들을 벗어나 마음껏 활개 치며 살고 싶어집니다. 한곳에 뿌리를 내리고 사는 식물적 속성에서 벗어나 다시 한 마리 짐승이 되어 산과 들을 달려가고 싶어집니다.

나만 그런 게 아니고 내 사랑하는 사람도 똑같이 그렇게 느낍니다. 데즈먼드 모리스는 우리 인간은 살아가는 동안 '나를 꼭 잡아주세요.' '나를 놓아주세요.' 그리고 '혼자 있게 놔두세요.' 이 세 가지 단계를 되풀이해서 거친다고 합니다. 그러나 이것 또한 성장하고 발전하는 정상적인 순환 과정의 일부분이라고 합니다. 이런 변화를 자연스럽게 받아들이는 것이 중요하다고 합니다. 실망하지 말고 다가오는 단계 단계를 있는 그대로 받아들이고 그도 나처럼, 나도 그처럼 똑같이 힘들어하고 괴로워하고 쓸쓸해하는 인간이라는 것을 받아들여야 한다는 것입니다.

천지에 단풍 들어 아름답지만 조락 이후의 쓸쓸함이 이 산 가득 몰려올 것입니다. 그러나 쓸쓸함도 아름다움일 수 있습니다. 쓸쓸함 이후에는 또 무엇이 기다리고 있을까요…… 쓸쓸함을 아름답게 받아들일 줄 아는 이에게만 그다음의 어떤 것이 찾아올 것입니다.

우리가 사랑한 꽃은
다 어디 있는가

우리는 꽃을 사랑합니다. 우리 곁에는 늘 꽃이 있습니다. 눈길을 돌리다 우리의 시선은 자주 꽃에 가닿곤 합니다. 눈길 돌려도 꽃이 보이지 않으면 꽃을 옆에 가져다놓습니다. 우리는 꽃을 사랑합니다. 가능하면 가까운 곳에 꽃이 있기를 바랍니다. 서류들이 가득히 쌓인 사무실 책상 위에, 유리가 깔린 정갈한 식탁 위에, 휑하게 비어 있는 응접실 한가운데에 꽃이 놓여 있기를 바랍니다. 건조하고 삭막한 길가에, 거대한 성곽 같은 아파트 화단에 꽃이 피어 있기를 바랍니다.

우리는 꽃을 사랑합니다. 기쁜 일이 있으면 꽃다발을 선물하고 귀한 자리에 온 손님은 가슴에 꽃을 꽂아줍니다. 우리는 수시로 몸을 꽃으로 장식하고, 이 세상을 떠난 사람 앞에 하얀 국화꽃 화환을 바칩니다. 아픈 사람을 찾아가 위로할 때도 꽃을 손에 들고 갑니다.

꽃은 위안이 되고 기쁨이 되며 축하가 되고 격려가 됩니다.

꽃을 노래하지 않은 시인이 없는 이유도 거기 있습니다. 모든 화가가 붓을 들어 꽃을 그렸고 우리가 입는 옷마다 꽃장식이 빠지지 않으며, 집에도 벽에든 방바닥에든 꽃무늬로 장식을 하고, 가을이 되면 창호지에다 꽃잎을 덧대어 문을 바른 것도 다 꽃을 사랑하기 때문일 것입니다.

그런데 오늘 아침 꽃병에서 시들어가는 장미꽃을 바라보다가 문득 그동안 우리가 사랑한 꽃들은 다 어디에 있는가 하는 생각을 합니다. 꽃을 사랑하기 때문에 가까운 곳에다 늘 꽃을 꽂아두고 살았는데 그 꽃들을 우리는 일주일이나 열흘 정도 사랑하다가 시들면 버렸습니다. 그리고 늘 새로운 꽃을 찾았습니다. 내가 필요로 하면 꽃을 찾았고 내게 불려온 꽃들은 말없이 내 옆에 있다가 사명이 다하면 사라져갔습니다. 사명이라는 이름의 수명. 그 수명을 우리가 불러다 쓰고 버리는 일을 하며 우리는 꽃을 사랑한다고 하고 있는 건 아닌가 하는 생각을 합니다.

꽃이 필요로 하는 자리에 꽃을 존재하게 하면서 사랑하는 게 아니라 내가 필요로 하는 자리에 꽃을 갖다놓고 사랑하는 동안 꽃이 할 수 있는 일은 견디는 일입니다. 견디면서 하루하루 시들어가는 것입니다. 우리가 사랑한 사람도 이러지 않았는지 모르겠습니다. 꽃들도 며칠은 보이지 않게 견딥니다. 그 기간 동안 사람들에게서 사랑을 받습니다. 그러다 점차 사람들의 관심이 멀어지고 물도 갈아주지 않아 물이 먼저 서서히 죽어가기 시작합니다. 닷새가 지나고 일주일이 되면서 꽃은 아래쪽 이파리부터 하나씩 버리기 시작합니다. 일주일이 지나고 열흘이 되면서 잎만이 아니라 겉 꽃잎을 버리기 시작합니다. 그것은 남아 있는 생명력을 꽃의 내부로 집중해주면서 마지막까지 제게 주어진 몫을 다하려는 태도이기도 합니다. 그러나 사람들은 거기까지 보지 않습니다. "꽃이 벌써 시들었네" 하고는 내다버립니다. 꽃을 받았을 때의 기쁨도 거기까지입니다. 위안을 받았던 마음도 꽃과 함께 쓰레기통으로 들어가버립니다. 그러곤 잊어버립니다.

우리는 꽃을 사랑합니다. 그러나 꽃을 사랑하는 방식이 다분히 우리 위주입니다. 우리가 꽃을 사랑하되 꽃이 우리를 위해 존재하는 것이 당연하다고 생각하며 그것을 사랑이라고 합니다. 내가 필요로 하는 책상 위가 아니라 꽃이 하루라도 살기에 더 좋은 창가로 옮겨놓아야겠다는 생각은 잘 하지 않습니다. 답답한 공기 속에 가져다놓고 꽃을 사랑하지 말고 신선한 바람이 더 잘 드나드는 곳에 꽃을 옮겨놓고 사랑하면 안 될까요. 낮에도 형광등을 켜야 일을 할 수 있는 침침한 실내 공간에 화분을 들여놓지 말고 햇볕이 잘 드는 베란다에 있을 곳을 마련해놓고 꽃을 사랑하면 안 될까요. 내가 일하는 방안이 아니라 창밖에 꽃을 내다놓고 거기서 꽃이 새소리도 듣고 후

드득거리며 지나가는 빗줄기에도 젖으며 살게 하면 그건 꽃에 대한 무책임한 태도일까요. 꽃이 더 싱싱하고 활기차게 살 수 있는 곳이 어느 자리일까를 생각하며 꽃을 사랑한다면 꽃이 다만 주어진 날을 견디며 시들어가지만은 않을지도 모릅니다.

제가 있는 산방에 국화꽃이 지금 두 달 넘게 항아리에 꽂혀 있습니다. 그 국화꽃도 시낭송을 하고 선물로 받은 꽃다발이었습니다. 허리 아래가 잘린 채 제게 온 한 다발의 국화였습니다. 선물로 팔려 온 다른 꽃들처럼 열흘이 넘으면서 아랫잎부터 시들기 시작했고 보름이 지나면서 꽃이 누렇게 죽어가기 시작했습니다. 그러나 나는 그 꽃을 버리지 않았습니다. 조금 더 지켜보기로 했습니다. 창가 햇볕 잘 드는 곳에 갖다놓고 물을 갈아주고 손질해주었습니다. 생명이 다한 것 같아 내다버릴까 생각하기도 했습니다. 완전히 죽은 가지는 골라 버리기도 했습니다. 그러나 조금 더 기다려보았습니다. 달포가 지날 때부터 새끼손톱보다 작은 새잎이 나기 시작하더니 지금은 엄지손가락만한 연두색 잎들이 자라고 있습니다. 꽃대궁에서 실뿌리가 수염처럼 허옇게 자라고 있습니다. 좀더 자라면 마당에 옮겨 심어주려고 합니다. 다만 날씨가 점점 추워져 잘 살지 걱정입니다. 그러나 할 수만 있다면 흙속에 뿌리내리고 바람 속에 자라게 하는 것이 꽃이 꽃으로 살 수 있게 해주는 일이 아닌가 싶습니다. 사랑한다는 것은 조금 더 믿고 기다려주는 일인지 모릅니다.

우리는 꽃을 사랑합니다. 그런데 우리가 사랑한 그 많은 꽃들은 지금 다 어디에 있습니까. 우리가 필요로 하는 자리에 꽃을 꺾어다 옮겨놓고 사랑하는 게 아니라, 꽃이 있고 싶어하는 자리에 있으면서도 서로 사랑할 수 있는 길이 있으면 좋겠습니다. 어디 꽃만 그렇겠습니까. 우리가 사랑하는 사람도 그럴 것입니다.

생의 한파

고드름 떨어지는 소리가 들립니다. 고드름은 여러 도막으로 부서지며 새벽을 깨웁니다. 나도 그 새벽과 함께 혼자 조용히 눈을 뜹니다. 창문을 열지 않았는데도 창을 통해 들어온 냉기가 방안을 휘젓고 다닙니다. 벽난로에 불을 붙일까 하다 그냥 둡니다. 겨울 아침의 서늘한 기운은 이것대로 느낌이 좋습니다. 어릴 때 우리가 맞았던 아침도 이런 아침이었습니다.

찬물에 손을 담갔을 때의 시리고 따끔거리던 감촉을 생각합니다. 가마솥에서 끓는 물 한 바가지를 떠다가 섞으며 미지근해져오는 물을 만질 때의 그 아늑함을 생각합니다. 따뜻한 물 한 바가지의 귀함과 고마움을 그때처럼 소중하게 느낄 때가 또 있을까요. 세수를 하고 들어오다 문고리를 잡았을 때 손에 쩍 하고 달라붙던 냉기의 느낌은 참 오랜 기억으로 살 속에 남아 있습니다.

마당에도 눈이 쌓였고 지붕에도 눈이 쌓였고 장독대에도 눈이 하얗게 쌓였습니다. 내가 배웠던 초등학교 1학년 국어책에는 「눈」이라는 단원이 있었습니다.

눈이 왔어요. 하얀 눈이 왔어요. 나뭇가지도 하얗고, 기와지붕도 하얗고, 눈이 왔어요. 밤새 몰래 왔어요. 소복소복 쌓였어요. 장독 위에 쌓였어요. "누나, 저것 보아. 눈이 많이 왔지? 우리 눈사람 만들까?"

이런 글이 있었습니다. 그때 소리 내어 읽던 눈에 대한 구절들이 떠오릅니다. 참 오래된 기억인데 아직도 그때의 목소리가 기억의 한 구석에 남아 있습니다. 그 1학년 국어책에는 눈 쌓인 창밖 풍경이 그려져 있었습니다. 책의 3분의 2 정도가 그림이었는데, 낮은 꽃담의 눈 쌓인 기와 아래 크고 작은 장독이 사이좋게 눈을 머리에 이고 서 있고, 두 그루의 나무 사이에 몇 마리 참새가 날고 있었습니다.

그때 읽었던 눈은 교과서 속의 눈이 아니었습니다. 눈이라고 소리 내어 읽는 동안 눈의 하얀 색깔이 고스란히 살아나고 눈의 차가운 느낌이 손안에 그대로 잡히는 눈이었습니다. 눈사람이라고 소리 내어 읽을 때 그 눈사람은 어제 직접 눈을 궁글려 만든 눈사람이었고 아직도 문 앞에 세워두고 온 눈사람이었습니다. 몸 군데군데 흙도 묻어 있고 연탄재도 조금 섞여 있는 눈사람이었습니다. 한 줄을 읽는 동안 생생하게 떠오르는 하얀 눈이고 눈사람이었습니다.

그러나 언제부턴가 우리는 그렇게 생생하게 살아 있는 눈, 살에와 직접 닿던 겨울바람에서 점점 멀어지기 시작하였습니다. 눈보라를 뚫고 벌판을 가로질러 가지 않고, 눈을 맞으며 거리를 거닐지도 않습니다. 눈사람을 만들지도 않고 눈을 뭉쳐 좋아하는 사람에게 던지며 눈싸움을 하지도 않습니다. 진눈깨비에 젖으며 보고 싶은 사람을 만나러 가지 않고, 칼바람에 머리칼을 맡긴 채 하염없이 걸어가지 않습니다.

우리는 거리에 있지 않고 창 안에 있습니다. 방안에서 눈 내리는 풍경을 바라보거나 눈이 내리는 동안 사무실 안에서 하루 종일 일을 하고 있습니다. 눈이 온다고 창밖으로 달려가지 않고 눈을 몰고 다니는 바람의 찬 기운이 새어들어올까봐 창문을 꼭꼭 닫고 있습니다. 눈 그 자체를 좋아하기보다는 눈이 온 풍경을 즐길 뿐입니다. 눈은 그저 풍경으로 있을 뿐입니다. 그 배경 위에 내가 아름다우면 그것으로 만족합니다. 눈을 좋아하고 바람을 좋아하는 것은 아닙니다. 더구나 눈이 내게 고통을 주거나 불편하게 하면 그대로 두지 않습니다.

우리는 쾌적하고 안온한 실내에 있는 것을 원합니다. 우리의 몸은 편안하고 따뜻한 것을 원합니다. 쾌적하고 평온한 시간과 공간 속에서 지내야 하도록 이미 길들여져 있습니다. 가능한 한 손을 많이 움직이지 않아도 되고 모든 것이 자동으로 처리되어 있는 생활에 길들여져가고 있습니다. 일용할 양식과 넉넉한 먹을거리가 보장되는 생활에 익숙해져 있고 거기에 잘 적응하도록 설계되어 있습니다. 이런 환경에 자발적으로 속박되길 원하고, 안정된 상태가 오래오래 지속되기를 소망합니다.

그러던 어느 날 뜻하지 않게 벌판으로 팽개쳐지면 우리는 어떻게 될까요? 고통 없는 온도에 길들여져 있던 우리의 피부는 갑작스러운 한파를 어떻게 이겨내야 할까요? 일자리를 잃었다거나 가정을 버리고 나와야 하는 일이 벌어진다면 우리는 어떻게 바람 부는 거리의 삭막함에 자신을 적응해나가야 할까요? 주어지는 먹이가 아니라 스스로 먹을 것을 찾아야 하고 따뜻한 잠자리가 아니라 한파가 몰아치는 거리의 어디쯤에다 정처를 잡아야 할 때, 우리를 엄습해오는 눈보라보다 더 큰 좌절과 낭패감과 막막함에 고개를 들 수 없을 때, 어떻게 그것들로부터 우리를 지켜야 할까요?

저도 몇 해 전에 그런 심정이었습니다. 두 번이나 휴직을 하면서 직장의 끈을 붙잡고 있다가 그것을 놓아야 했을 때 저도 그런 심정이었습니다. 몸은 온전치 못하고, 마음도 균형을 잃은 채 밥벌이도 제대로 할 수 없는 처지였습니다. 퇴직금이라고 가지고 나온 돈은 네다섯 달 월급 정도밖에 되지 않았습니다. 그것들이 시간과 함께 푸석푸석 바람에 날려 흩어지는 걸 바라보며 바람 매섭게 몰아치는 산기슭에서 다만 말없이 견디며 있었습니다.

환경이 바뀌면서 생활 방식도 바뀔 수밖에 없었습니다. 내 손으로 쌀을 씻어 밥을 지어야 했고, 텃밭에 푸성귀를 심어 먹을거리를 마련해야 했습니다. 얼어 죽지 않으려면 지게를 지고 나무를 하러 다녀야 했고, 그 나무를 도끼로 쪼개 불을 때야 했습니다. 장작불의 온기로 창밖의 겨울바람을 이길 수 없는 날은 수은주를 점점 아래로 끌어내리는 냉기 속에서 웅크리고 자야 했습니다. 끼니를 세끼에서 두 끼로 줄여야 했고, 반찬 가짓수를 하나씩 줄여가야 했습니다.

그러나 내가 먹을 한 그릇의 밥을 내 손으로 지어먹으며 나는 새로운 삶에 눈뜨기 시작했습니다. 우선 검소하고 간결한 삶이 찾아왔습니다. 내가 먹을 것을 내 손으로 만들어 먹으면서 낭비하지 않고 소박하게 사는 삶의 기쁨을 만나게 되었습니다. 지금까지 유지되어 오던 자신이 서서히 해체되고 새롭게 나타나는 또 하나의 나를 만나게 되었습니다. 지극히 자본주의적인 욕망에 멱살을 잡혀 끌려 다니던 자아가 조금씩 지워지고 작업복 바지 하나로도 편안한 새로운 자아가 나타나기 시작했습니다. 무엇보다 내 삶의 주체가 바뀌고 있는 것을 알게 되었습니다. 지금까지 내 삶을 지배하던 것과는 근본

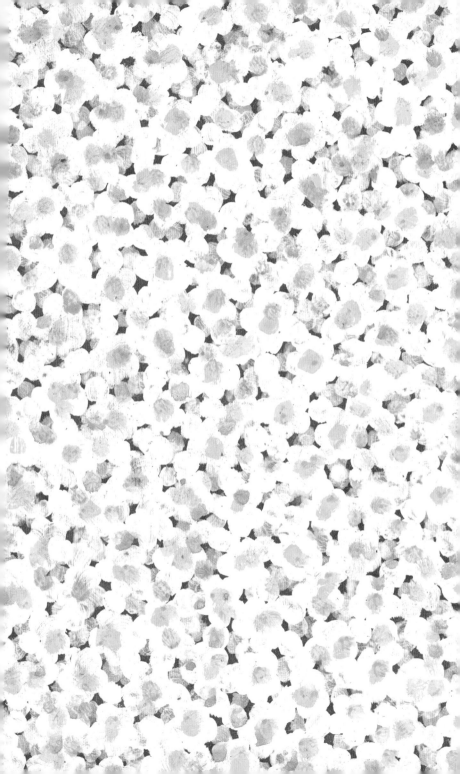

부터가 다른 새로운 삶의 주체가 생겨나고 있는 것을 발견하게 되었습니다.

모리오카 마사히로가 말하는 '느닷없는 기쁨' '생명의 기쁨'이 바로 이런 것인지도 모릅니다. "이때 다가온 느닷없는 기쁨, 이제까지 몰랐던 새로운 자신이 내면에서부터 꽃을 피워 상쾌한 바람을 맞는 것처럼 다시 태어나는 기쁨, 이것이 '생명의 기쁨'"이라고 모리오카 마사히로는 말합니다. 그는 생명에 대해 이렇게 덧붙입니다.

생명이란 신체에 내재하면서 신체를 넘어서는 것이다. 생명은 신체에서 결코 벗어날 수 없다. 그런 의미에서 생명은 신체의 일부이지만 신체라는 틀을 뛰어넘어 먼 밤하늘로 넘어가려고 한다. 생명이란 신체를 넘어서려고 하는 신체다. 그때마다 생명의 힘은 신체의 틀을 안에서부터 바꾸어놓고, 그 때문에 예기치 않은 생명의 기쁨이 나타난다. 생명의 기쁨은 내가 얻으려 한다고 얻을 수 있는 게 아니다. 고통과 직면해서 나를 바꿔가는 중에 '예기치 않은 형태'로 나에게 다가온다.

그렇습니다. 신체의 욕망에 갇힌 채 새로우면서도 쾌락적인 것, 자극적이면서도 크고 많은 어떤 것을 찾아가다가 만나는 흡족함과 이 기쁨은 다릅니다. 고통을 최소화하고 편안함만을 추구하는 육신이 본능적으로 움직여 가는 길과 생명의 길은 다릅니다. 이 기쁨은 고통 속에서 만나는 기쁨입니다. 고통을 만나 그 고통 속에서 나를 해체하고 다시 태어나면서 만나는 기쁨입니다. 찬물에 손을 담그며, 땀을 흘려 일을 하며, 험한 길을 걸으며, 내 하루치의 목숨에 대해 뼈저리게 생각하며 내 삶의 주체를 바꿔가는 동안 내게 찾아오는 기쁨입니다.

겨울 찬바람에 감사합니다. 눈 녹은 물을 얼게 하고 고드름으로 벌을 세우며 채찍질하는 혹독한 밤공기에 감사합니다. 방안의 물까지 얼려버리고 손을 갈라터지게 만드는 냉기에 감사합니다. 나를 언제든지 더 험한 벌판으로 내팽개칠 수 있다는 걸 알려주는 겨울에 감사합니다. '언제든지 지금까지 누리던 편안함을 버리고 새로운 세계를 찾아 나서라, 거기 불안과 함께 더 큰 기쁨이 기다리고 있다'고 말해주는 시련의 계절에 감사합니다. 감사하고 다시 감사하며 차가운 새벽빛에 이마를 씻습니다.

참나무 장작

어제 진종일 분 바람으로 산은 완전히 겨울 풍경으로 바뀌었습니다. 그나마 몇 개 붙어 있던 마른 산뽕나무 잎이며 두충나무 잎은 남김없이 떨어지고 나무들은 이제 알몸의 가지만으로 겨울 앞에 섰습니다. 늦가을까지 골짜기의 풍경을 황톳빛으로 채색하고 있던 낙엽송 잎들도 다 지고 말았습니다. 앞으로 너댓 달 산은 삭막한 이 모습으로 겨울을 나야 합니다.

우리도 겨울 날 준비에 마음이 바쁩니다. 이미 짚으로 이엉을 엮어 수도가 얼지 않게 덮어두었지만 도시보다 산속의 기온이 몇 도씩 낮은지라 날이 추워지면 물이 얼지 않을까 걱정입니다. 지난주 일요일에는 근처에 가서 태풍에 꺾어진 소나무를 베어왔습니다. 톱으로 자르고 도끼로 쪼갠 장작을 벽에 쌓아놓고 나면 마음이 퍽 든

든합니다. 그런데 소나무는 잘 쪼개지지 않습니다. 소나무는 옹이가 많아 도끼질을 하고 나면 며칠씩 어깨가 아픕니다. 소나무에 비해 아까시나무는 그래도 잘 쪼개지는 편입니다. 아까시나무보다 참나무가 잘 쪼개지고 참나무보다는 낙엽송이 도끼 발을 잘 받습니다. 낙엽송은 한 번에 쫙쫙 나가기 때문에 도끼질하는 맛이 납니다.

　장작이 타는 모습도 제각각입니다. 제일 요란한 소리를 내며 타는 건 낙엽송 장작입니다. 타닥타닥 하는 소리를 내거나 불똥을 밖으로 휙휙 내던지곤 합니다. 낙엽송을 태울 때는 그래서 벽난로 앞에 붙어 앉아 있어야 합니다. 잘못하면 장판이나 돗자리를 태우게 됩니다. 아까시나무와 소나무 장작은 주홍빛 불꽃을 길게 휘감아올리며 탑니다. 불꽃이 세차고 화려합니다. 제 몸보다 더 길게 휘어져 감기는 불꽃을 내뿜으며 타곤 합니다. 밤나무 장작은 실내에서는 때지 않는 게 좋다고 합니다. 밤나무가 타면서 내는 일산화탄소 때문에 질식하는 경우가 있다고 합니다. 산사에서 밤나무 장작을 때다가 스님들이 돌아가시는 경우도 있었다고 합니다.

　제가 보기에 제일 잘 타는 장작은 참나무 장작입니다. 우선 불 힘이 좋습니다. 다른 나무들은 소리로 요란하거나 불꽃으로 화려한데 비해 참나무는 그렇게 떠들썩하지도 않고 작열하는 모습을 보이지도 않지만 제일 듬직하게 탑니다. 불꽃을 높게 올리기보다는 제 몸을 감돌아 나오는 푸른 불꽃으로 오래오래 탑니다. 화력도 좋고 따뜻한 온기를 가장 많이 내보내는 것도 참나무입니다. 소리 없이 타면서 다른 것들의 밑불이 되어주고 타다가 꺼지면 그대로 숯이 되었다가 다시 불이 붙게 합니다. 참나무 장작이 잉걸불이 되어 타면서 내는 붉은빛은 황홀합니다.

이면우 시인은 오랫동안 자기를 먹여 살린 보일러 불길을 보며 화엄경배의 붉은 마음을 들어 바친다고 했는데, 나는 참나무 장작의 알불에서 다비의 고요한 숨소리를 듣곤 합니다. 한밤중에 다 탔는가 싶어서 하얀 재를 살살 헤집어보면 그 속에 따뜻한 숯불의 온기가 숨쉬고 있습니다. 그 불을 살살 펼쳐놓으면 어릴 때 할아버지가 화롯불을 헤집어서 온기를 다시 방안에 펼치시던 기억이 떠오릅니다.

다른 나무들보다 조용히 타지만 가장 늦게까지 제 몸을 태우는 게 참나무라서 믿음직합니다. 그 불 곁에서 고구마를 구워먹을 때도 있고 깡통에 은행을 살짝 금이 가게 깨서 얹어 두면 노릇노릇 먹기 좋게 익습니다. 참나무 숯불에 구리 주전자를 얹어 데운 물로 차 한 잔을 마시거나, 주먹만한 반청 무를 깎아서 먹는 겨울밤은 사각사각 소리와 함께 깊어갑니다. 자다 일어나 새벽에 나와봐도 그때까지 온기를 지니고 있어서 고맙기도 합니다.

사람들 중에도 남에게 제 몸을 쫙쫙 갈라서 보여주고 큰 목소리를 내며 타는 낙엽송 같은 이가 있습니다. 성격이 활달하고 거침이 없으며 여럿 가운데서 바로 눈에 띕니다. 그런가 하면 같은 일도 더 화려하게 더 성대하게 해내는 사람이 있습니다. 그런 사람들에 비해 소리 없이 불꽃을 피우고 다른 나무의 밑불이 되기를 좋아하는 사람은 눈에 잘 뜨이지 않습니다. 그러나 소리가 크고 외양이 화려한 사람들이 가고 난 자리에 늦게까지 남아 있는 건 참나무 같은 사람입니다. 그런 참나무 알불 같은 사람은 한번 사귀면 만남이 오래오래 갑니다. 그리고 그로 인해 곁에 있는 사람들이 오래 따뜻한 온기를 나누어가지게 됩니다. 창밖을 지나가는 밤바람 소리가 유난히 큽니다. 벽난로 앞에 앉아 참나무 장작이 환하게 타는 걸 보면서 깊어가는 겨울밤, 벽로야정壁爐夜情을 혼자 나누기 아깝습니다.

짐승들에게 말 걸기

아침이면 닭 우는 소리에 잠을 깹니다. 어둑새벽에는 어둠이 걷히기 시작한다고 우는데, 날이 환하게 새고 홰에서 내려와 배가 고픈데도 주인이 일어날 생각을 안 하면 일어날 때까지 방문 앞에 와서 계속 울어댑니다. 방문 앞에 와서 울기 때문에 아무리 이불을 뒤집어쓰고 이불 속으로 기어들어가도 소용이 없습니다. 일단 항복을 하고 나가서 모이를 주고 들어오는 것이 닭 울음소리를 잠재우는 가장 빠른 방법입니다.

점심때가 되어 배가 고프면 다시 문 앞에 와서 골골댑니다. 내가 일이 있어 문을 열고 나왔다가 헛간 옆을 지나가면 모이를 주는지 알고 달려옵니다. 그러다 일만 보고 그냥 들어가면 뭐라고 걀걀걀 하는 소리를 냅니다. 아마 무슨 불만 섞인 자기표현을 하는 소리가 아닌가 싶습니다.

숲으로 돌아다니거나 나무 위에 올라가 앉아 쉬고 있다가 내가 "고고~ 고고고" 하고 부르면 쏜살같이 달려옵니다. 급하다 싶으면 달려오는 게 아니라 날아옵니다. 한 10여 미터쯤은 그냥 날아옵니다. 산속에서 사니까 야생성을 조금씩 되찾는 것 같습니다. 토끼를 부르는 소리는 따로 있습니다. "쪼쪼쪼쪼쪼" 하고 혀 차는 소리를 해야 나타납니다. 토끼 역시 자기를 부르는 소리를 알아듣습니다. 몇 개의 소리로 짐승들과 소통을 하면서 나는 혼잣말로 짐승들에게 말을 걸거나 중얼거립니다.

"밤에 안 춥데?"
"어디를 돌아다니다 왔냐?"
"아무거나 주워먹지 마. 지난번처럼 설사해 인마."
이놈들이 들으라고 지껄이지만 짐승들은 내가 떠들거나 말거나 모이만 열심히 쪼아댑니다. 내가 하는 몇 개의 소리를 알아듣지만 거기까지입니다. 말이 통하는 건 아닙니다. 그래도 그나마 몇 개의 소리로 서로 소통하고, 내가 내는 소리를 알아듣고 제 소리를 표현하여 내가 들어주길 바라고 하는 정도만 해도 다행이라고 생각합니다.

우리도 많은 소리에 둘러싸여 삽니다. 그 소리들 중에는 귀에 들어오는 소리도 있고 그냥 흘러가버리는 소리도 있습니다. 얼굴을 찌

푸리게 하는 소리도 있고 귀를 막게 하는 소리도 있습니다. 소리를 듣고 재빨리 몸을 숨기는 경우도 있고, 수많은 소리 중에서 내게 오는 발소리를 용하게 찾아내는 때도 있습니다. 나를 가장 잘 아는 사람은 내 소리를 알아듣는 사람이라고 합니다. 내 소리를 알아듣고 내가 지금 어떤 마음 상태인지를 아는 사람, 그가 나를 제일 잘 아는 사람이라는 것입니다. 그걸 지음知音이라고 합니다. 가장 친한 사람도 그렇게 부릅니다.

제인 캠피온 감독의 영화 〈피아노〉의 여주인공 '에이다'나 나도향의 「벙어리 삼룡이」처럼 말로 제 의사를 제대로 표현하지 못하는 사람들을 작품의 주인공으로 설정하는 작가들의 의도는 무엇일까요. 말을 잘 못하는 그들이 가장 뜨거운 사랑을 하는 사람들임을 확인시키고자 하는 이유는 무엇일까요. 사랑은 말로 하는 것이 아니라 뜨거운 가슴으로 하는 것임을 말하고 싶었던 것은 아닐까요. 말을 하지 못한다 해도 소통이 가능한 사람, 온전치 못한 자기의 소리를 대신 표현해주는 것들을 소중하게 여겨주는 사람, 그 사람이야말로 지금 내가 가진 것을 다 버리고 달려가 사랑할 만한 사람이라는 걸 보여주려는 것이 아니었을까요. 말로 다 표현할 수 없다 해도 가슴속 순결한 사랑의 불길은 이 세상을 다 태우고 제 목숨까지도 태울 수 있을 만큼 뜨겁다는 걸 보여주고 싶었던 것은 아닐까요.

말이 아닌 소리만으로도 얼마든지 마음을 전할 수 있고 소통이 가능하다면, 말이 통한다는 것은 얼마나 소중한 일입니까. 내가 매일 하는 말이 사람들에게 들리긴 해도 그들이 다 알아듣는 건 아닙니다. 그중에 내 마음과 진실까지 전달되는 것은 몇 마디에 지나지 않습니다. 내가 하는 말이 말로 전달되지 못하고 그저 광야에서 외치는 소리로 허공을 떠돌다 내려오는 경우는 얼마나 많습니까. 말씀이 내게 오는데도 내가 듣지 못하는 경우는 얼마나 많습니까. 그래서 말이 제대로 들리고, 말을 알아듣고, 말이 서로 통하는 사람을 소울 메이트 – 영혼의 동반자라 합니다.

　내 소리, 내 말을 제일 잘 알아듣는 사람은 누구일까 그 생각을 하면서 오늘도 짐승들에게 말을 겁니다.

겨울 산방

눈이 내리고 난 뒤 기온이 뚝 떨어져 쌓인 눈이 녹지도 않고 그대로 있는데 아침부터 풀풀 눈발이 날립니다. 눈이 내리면서 눈발에 희미하게 지워진 먼산과 건넛산 능선의 낙엽송과 가까운 숲 나무들의 원근이 살아나면서 황홀한 풍경화를 보는 듯합니다. 회색빛이 감도는 고동색으로 적막하기만 하던 산 풍경을 한순간에 바꾸어 놓았습니다. 생의 가장 헐벗은 날을 견디고 있는데 그 위에 혹독한 시련까지 내려 쌓여도 그것을 찬란한 의상으로 바꾸어놓고 서 있는 나무들의 모습이 아름답습니다.

황홀한 풍경을 바라보며 차 한잔을 마시려고 수도꼭지를 틀었더니 물이 나오질 않습니다. 어젯밤 늦게까지도 괜찮았는데 새벽에 얼었나봅니다. 받아놓은 물도 없어 난감해하다가 집 옆의 계곡물이 생각났습니다. 양동이와 바가지를 들고 밖으로 나갔습니다. 마당 한가운데에 길게 산짐승 발자국이 찍혀 있습니다. 발자국은 한 자 정도의 거리를 두고 일정하게 찍혀 있는데 마치 한 줄로 걸어간 것처럼 보입니다. 게다가 발자국 사이로 몸을 밀고 간 자국이 길게 이어져 있습니다. 몸이 가늘고 다리가 짧은 짐승이 다녀간 것 같습니다. 너구리나 족제비 아니면 산고양이 중에 하나가 아닐까 싶습니다. 산에서 내려온 발자국은 추녀 밑을 지나 뒤꼍으로 이어져 있습니다. 그발자국을 따라가다보니 내가 가려고 하는 계곡까지 이어져 있습니다. 이 녀석도 물을 먹으러 내려왔다 간 것 같습니다.

그런데 계곡은 꽝꽝 얼어 있어서 물을 뜰 수가 없습니다. 도끼를 가져다가 얼음을 깼습니다. 얼음장 밑에서 가만히 겨울을 나던 밤나무 잎들이며 그 잎 밑에 숨어 있던 애벌레나 실지렁이들이 놀라서 몸을 꿈틀거립니다. 얼어 있는 곳 여기저기를 도끼로 깨놓았습니다. 그래야 짐승들도 물을 먹을 수 있을 것 같아서였습니다. 물 근처 둔덕에는 크고 작은 짐승 발자국들이 어지럽게 찍혀 있습니다. 그러나 길어온 한 양동이의 물은 먹을 수 없는 물이라서 데워서 머리를 감고 장독 위에 쌓인 희디흰 숫눈을 한 세숫대야 퍼다가 끓였더니 냄비에 절반 정도 찹니다. 그런데 먼지 하나 없을 것 같은 백설도 끓여보니 재와 티끌들이 물위에 거멓게 뜹니다. 그 검뎅을 건져내는 국자 바닥도 검게 칠을 한 것처럼 변합니다.

온전히 순수한 것이란 본래 없다는 것일까요. 이처럼 희디흰 눈도 허공을 타고 내려오는 동안 먼지와 티끌을 그 안에 품어 안고 내려왔던가봅니다. 아무리 맑은 물도 100퍼센트 순수한 물로만 이루어지진 않듯이 눈도 그런가봅니다. 100퍼센트 순수한 물은 증류수라서 어떤 면에서는 물이라 할 수 없습니다. 우리가 마실 수 있는 맑은 물도 그 안에 어느 정도의 미생물이 들어 있듯, 순백의 희디흰 눈도 그 안에 먼지를 품고 있듯, 사람도 화기광和其光 동기진同其塵하며 사는 것입니다. 햇빛하고도 섞여 지내고 먼지와도 같이 사는 것입니다. 물론 햇빛을 늘 가까이하면서 살지만 먼지도 피할 수 없다는 것입니다. 숨쉬며 사는 일이 그렇습니다.

검은 먼지를 걷어내고 난 물에 달걀을 삶고 약을 데웠습니다. 사과 한 개와 어제 먹다 남은 대추차를 곁들여 아침을 먹고 마당 끝에 음식 쓰레기 놓는 곳에다 시래기와 밤을 갔다놓았습니다. 눈 위에 가져다놓은 이것들을 짐승들이 발견하고 허기를 메꾸었으면 하는 생각에서였습니다. 돌아서 몇 발짝 걸음을 떼는데 앞산 비탈에서 버스럭하는 소리가 크게 들립니다. 어린 고라니 두 마리가 산을 넘어 내려오다가 나를 보고 멈칫합니다. 내 딴에는 내가 안 보이게 자리를 피해주어야겠다고 생각하고 얼른 몸을 움직였더니 고라니는 고라니대로 내 몸짓을 보고 놀라 흩어집니다. 한 마리는 계곡 있는 아래쪽으로 빠르게 달려 내려가고 한 마리는 덤불 속으로 들어갑니다. 눈밭에서 무언가를 쪼아 먹고 있던 새들이 푸드득 날아오르더니 산뽕나무 가지 끝을 향해 누가 끈으로 잡아당기는 것처럼 한데 모입니다. 집 근처까지 짐승들이 내려오는 걸 보니 추위와 굶주림을 견디기 어려운가봅니다. 이렇게 눈이 쌓이고 추운 날 밤에는 소리 없이 목숨의 끈을 놓는 짐승들도 있을 것입니다. 설화 만발한 산속 집에 홀로 앉아 그 짐승들이 견디는 긴긴 밤을 생각합니다.

아름다운 암컷

　이른 아침에 창밖을 내다보니 꿩들이 마당 잔디밭에 내려와 놀고 있습니다. 어미 까투리와 새끼 여섯 마리가 잔디 사이에서 벌레를 잡아먹기도 하고 콩콩 뛰어다니면서 장난을 치기도 합니다. 새끼들이야 신나겠지만 어미는 늘 주위를 살피며 경계의 눈빛을 풀지 않습니다. 그런데 그 아름답고 현란한 깃털을 가진 장끼는 어디에 가 있는지 보이지 않습니다. 새끼를 키우는 건 까투리에게만 맡기고 자기는 다른 데 가 있는 것 같습니다. 장끼처럼 화려한 깃털을 가지진 않았지만 특별하지 않고 수수한 모습의 까투리가 나는 좋습니다. 그 모습으로 이 산속에서, 새끼들 앞에서 당당합니다.

　산속에 들어와 살면서 새롭게 알게 된 것 중의 하나가 암컷의 훌륭함입니다. 토끼나 산짐승들이 자기 털을 뽑아 새끼 낳을 자리를 만드는 걸 보고 놀랐습니다. 새들도 알을 낳기 위해서 자기 가슴털을 뽑거나 이끼나 털실을 물어 나릅니다. 그걸 또 부리로 쪼아 펴서 푹신하게 자리를 만들기도 합니다. 새끼를 위해 자기 털을 뽑을 때마다 얼마나 살이 아팠을까요.

새들도 그렇고 파충류들도 알이 부화할 때까지 한 달이나 두 달 먹지 않고 견딥니다. 알을 품은 채 아무것도 먹지 않고 지내는 몇 주 또는 몇 달간이 얼마나 힘들까요. 물론 새끼를 낳은 다음 돌보고 키우는 일도 주로 암컷이 합니다. 수컷은 암컷에게 선택받기 위해 몸빛깔을 화려하고 예쁘게 가꾸거나, 벌레를 잡아들이거나, 현란한 소리를 내며 우짖습니다. 다른 새들보다 더 현란한 소리를 낼 줄 아는 수컷일수록 암컷에게 선택받을 확률이 높다고 합니다. 다른 새들보다 조금이라도 다양한 소리를 낼 줄 안다는 것은 머리가 좋다는 것으로 인식된다고 합니다. 그래서 봄부터 여름까지 그렇게 많은 새들이 우는 것입니다. 진화론에서는 그것을 성선택설이라고 합니다. 마음에 드는 수컷을 선택할 권한은 물론 암컷에게 있습니다. 그 암컷들이 자연계를 이끌어가는 것입니다.

인간 사회도 여성이 중심이 되어 이끌어간다면 어떨까요. 남성들이 물론 그냥 두지 않을 겁니다. 힘과 권력과 자본을 가지고 있으므로 여성들이 중심이 되어 사회를 이끌어가도록 내버려두지 않을 것입니다. 그러나 남성이 중심이 되어 이끌어온 우리 사회는 지배와

억압과 정복과 폭력과 대립과 갈등과 경쟁을 주된 내용으로 해온 사회입니다. 양적 팽창과 그것을 단기간에 이루려는 속도주의와 소유와 탐욕이 지배하는 세계입니다. 목적한 것을 이루기 위해서는 수단과 방법을 가리지 않으며 전쟁도 불사합니다. 그래서 살육과 공포와 죽음의 어두운 그늘이 만연해 있습니다. 기아와 불평등과 소외와 차별이 당연한 것처럼 여겨지게 합니다.

만인은 만인에 대하여 늑대(늑대의 무리가 이 말을 알아들었다면 기분 나빠 하겠지만)일 뿐이라는 말을 일반화시킵니다. 이렇게 사는 게 당연한 것으로 여기게 하고 이런 전쟁터에서 살아남아야만 종족을 보존하고 진화한다고 생각합니다. 어리석은 남자들은 이런 세상을 만들어놓고 그 속에서 살아남은 자의 자유와 기쁨에 흡족해합니다.

나는 이런 세상이 싫습니다. 잘못되어 있다고 생각합니다. 이런 마초이즘적인 것이 남성적 가치라면 세상은 여성적 가치가 존중되는 사회로 바뀌어야 합니다. 자연과 인간을 지배하고 대립하는 타자로 인식하는 것이 아니라 함께 공존하고 공생해야 할 공동 운명체로 바라보아야 합니다. 자연 만물과 생명을 가진 모든 것을 아끼고 존중하는 여성적 가치와 태도가 존중받아야 합니다.

세상을 공격적이고 폭력적이며 지배하고 정복해야 할 대상으로 바라보는 것이 아니라 서로 협력하고 연대하며 상호 부조하고 원조해야 할 대상으로 바라보아야 합니다. 육체적이고 물리적인 힘, 물질적 가치가 전부인 것처럼 여겨지지 않고 정서적이고 정신적인 영향력 그리고 남성보다 도덕적인 힘과 같은 것이 존중되는 사회이어야 합니다.

여성들은 남성들보다 덜 권위적입니다. 부드러우면서도 강한 힘을 지니고 있습니다. 그런 부드러운 힘과 합리주의 대화를 통해 문제를 해결하는 여성적 가치가 높게 평가되어야 합니다. 흑백논리와 비타협성과 엄격함과 법 형식주의, 제도 만능주의를 통해 자신의 논리만을 관철하고자 하는 대결적 자세가 아니라 대화와 타협, 조화와 중용, 중재의 능력으로 문제를 해결하는 자세가 필요합니다. 소유하고 집착하고 쌓아두고 욕망에 물든 생활이 아니라, 나누고 기부하고 공유하고 분배하고 순환하는 생활이어야 합니다.

그래서 싸움과 분열과 대결이 아니라 평화와 화합과 균형과 평등으로 나아가는 세상을 만들어야 합니다. 앞의 것이 남성적인 가치라면 뒤의 것들은 여성적인 가치들입니다. 남성들이 만들어놓은 세계의 잘못을 비판하며 여성의 정치 · 사회적 권리를 주장하는 것은 옳습니다. 그러나 남성들이 만들어놓은 잘못된 세상의 일부분을 점유한 채 사회적 권리를 찾았다고 생각하는 것은 문제입니다. 남성들이 잘못된 행태를 따라하지 않으면 여성의 사회적 지위가 향상되지 않

는다고 생각한다면 그것 역시 잘못 가고 있는 것입니다.

남성들이 잘못 이끌어온 세계를 여성적 가치가 존중되는 사회로 바꾸어놓으면서 여성이 삶의 중심에 서는 세상을 나는 바랍니다. 권리의 평등, 관계의 평등이 한 사회의 문화가 되어 있는 세상, 서로 존중하고 아끼고 인격적으로 대하고 바라보며 사랑하는 세상을 나는 원합니다. 폭력과 권력과 억압과 지배가 아니라 부드러운 힘과 평화와 상호 부조와 평등이 삶의 일반 원칙이 되어 있는 세상을 만들어나가고 싶습니다. 그 속에서 모두 함께 누리는 자유와 행복, 나도 남도 함께 즐겁고 기쁘게 사는 공동체의 일원이 되고 싶습니다.

까투리와 어린 꿩들은 한가하고 평화롭게 마당에서 노는데 장끼는 어디로 간 것일까요. 어디서 혼자 산천 구경을 하며 즐기고 있는 것일까요. 어느 산비탈에서 혼자 무엇을 찾아다니고 있는 것일까요.

가까이 있는 꽃

아침부터 안개가 산을 덮고 있습니다. 어린 산국들이 아직 노란 잎에 묻은 이슬을 말리지 못한 채 옹송거리고 모여앉아 있습니다. 가까이 다가가 향기를 맡아보니 그 향기가 진하기 이를 데 없습니다. 작다고 향기가 적은 게 아닙니다. 가을 산의 쑥부쟁이도 구절초도 다 저마다 짙은 향기를 지니고 있습니다. 산박하도 마찬가지입니다. 나는 들깨를 베어 말리는 이맘때 밭에서 바람결에 얹혀 오는 들깨 향기나 산박하 향기의 고소한 내음을 좋아합니다. 이것들은 너무 작아서 눈에 잘 뜨이지 않고 단풍의 아름다움에 가려서 사람들의 눈길을 제대로 받지 못하지만 가까이 가서 보면 하나하나는 다 저마다 아름다움을 지니고 있습니다.

낮에는 동요를 들었습니다. 시중에서는 구할 수 없는 거라서 아는 분이 복사해서 보내준 음반입니다. 처음엔 책을 보며 노래를 들을까 하다가 그냥 노래만 듣기로 하였습니다. 어렵게 음반을 구해서 보내준 분에 대한 고마움 때문이기도 하지만 다른 것에 마음을 분산시키지 말고 노래만 들어보자는 생각에서였습니다. 참 오랜만에 들어보는 동요입니다.

"보일 듯이 보일 듯이 보이지 않는/따옥 따옥 따옥 소리 처량한 소리"

어린아이들의 서툰 목소리로 이렇게 시작하는 노래는 오래 보이지 않고 가려 있던 내 어린 날의 풍경들을 기억의 수면 위로 떠올려주었습니다. 구릿빛으로 익어가는 나뭇잎과 밭둑길, 졸졸졸 흐르는 개울물과 들 끝의 산, 그 산을 안고 지는 저녁 하늘, 노을 물든 하늘 위를 날아가는 몇 마리 새들, 고개를 쳐들고 그 새를 바라보던 나, 그리고 동생들, 젊고 예쁜 우리 어머니……

"엄마가 섬그늘에 굴 따러 가면/아기가 혼자 남아 집을 보다가……"

그 노래를 부르며 장사 나간 어머니를 기다렸고, "서울 가신 오빠는 소식도 없고/ 나뭇잎만 우수수 떨어집니다." 〈오빠 생각〉의 마지막 소절을 다 부르고 나면 왜 그리 적막해지던지, 그런 시절이 생각났습니다.

나는 동요를 이십대에서 삼십대에 이르는 문학청년 시절에도 많이 불렀습니다. 〈섬집 아기〉를 부르면서 어머니에 대해 생각했고, 〈오빠 생각〉을 부르며 거꾸로 여동생들을 생각했습니다. 그 무렵에는 집안 형편 때문에 다 공부시키기 어려울 경우에 여자 형제들이 희생을 감수하는 쪽을 선택하곤 했습니다. 누나나 여동생들이 하고 싶은 공부를 중단하고 돈을 벌러 공장엘 나가고 그 덕분에 남자는 공부를 했습니다. 그런 가족사를 가진 남자들은 여자 형제들에게 빚진 게 많습니다. 고마워해야 합니다. 〈오빠 생각〉을 들으며 그 생각을 했습니다. 그리고 노랫말 속에 들어 있는 '비단 구두'의 의미를 생각했고 서울로 가서 소식이 없는 오빠의 모습과 내 모습을 견주어보다가 눈가가 촉촉해져왔습니다.

그러면서 다른 일을 손에서 내려놓고 동요만 들은 게 잘한 일이란 생각이 들었습니다. 보통 때 같았으면 노래를 들으며 글을 쓰거나 책을 읽었을 겁니다. 우리는 동시에 몇 가지 일을 하는 경우가 많습니다. 텔레비전을 보면서 신문을 뒤적이거나, 운전을 하면서 노래를 틀어놓고 다른 사람과 이야기를 주고받습니다. 상대방과 이야기를 하면서 손전화를 받고 한 손으로는 메모도 합니다. 불 위에 조리하고 있는 음식이 끓고 있는데 동시에 설거지도 하고 싸움도 합니다. 오랜만에 만난 친한 친구와 함께 정답게 걸어가면서 각자 따로 전화 통화를 하고 있는 경우도 있습니다. 이런 일들에 이미 익숙해져 있습니다.

그러나 이렇게 동시에 몇 가지 일을 하고 있는 동안에는 노래를 깊이 있게 음미하거나 감상할 수 없으며, 상대방과 속 깊은 대화를 나눌 수 없고, 하고 있는 일이 내실 있게 진행되지 못하게 될 것은 분명합니다. 텔레비전에 빠져들지도 못한 채 채널을 이리저리 옮기기만 하고, 단 몇 분도 생각하며 책을 읽을 수 없을 겁니다. 부부싸움을 하더라도 제대로 된 싸움을 할 수 없을 겁니다.

꽃이 끝없이 전시되어 있는 꽃 박람회에 가면 도리어 아름다운 꽃 한 송이를 못 만나고 옵니다. 진기한 온갖 꽃을 다 보고 온 것 같은데 정작 마음에 담아오는 꽃은 없는 경우가 있습니다. 너무 많은 꽃이 있는 곳에서는 다른 꽃, 또다른 꽃에 마음이 가 있어 제 옆에 있는 좋은 꽃을 못 봅니다.

장난감이 가득 널려 있는 가게에 가면 아이들은 수없이 이것저것을 들었다 놓았다 합니다. 그러다 정작 자기가 좋아하는 장난감을 고르지 못하고 엉뚱한 것을 가지고 돌아옵니다. 돌아오면서 다른 것이 더 좋은 것 같다는 생각을 버리지 못하기 때문에 손에 든 장남감에도 마음을 오래 주지 못합니다.

너무 많은 것에 마음이 가 있으면 하나를 제대로 볼 줄 모르게 됩니다. 아름답고 소중한 것을 아름답고 소중하게 보지 못합니다. 많은 것을 만나는 것도 좋지만 적은 것을 깊이 있게 만나는 일은 더 중요합니다. 적게 만날 때는 가까이서 자세히 보게 됩니다. 보잘것없어 보이는 산국화 한 송이도 가까이서 보면 참 아름답습니다. 향기롭습니다. 사람도 그렇습니다. 많은 사람을 만나는 것도 필요하지만 적은 사람을 가까이서 만나는 일도 필요합니다. 깊이 있게 알아가노라면 분명히 그 사람의 향기를 느끼게 됩니다.

그런데 우리는 대개 동시에 여러 가지 일을 하면서 살아갑니다. 여러 사람을 만나고 여러 가지 일을 동시에 진행합니다. 여러 가지 일을 다 잘 수행해내는 사람을 능력 있는 사람이라고 합니다. 그것도 맞는 말입니다. 그 대신 분명히 놓치는 일이 있습니다. 노래를 단순히 어떤 일의 배경음악 정도로 듣고 살면 평생을 들어도 그 노래가 어떤 노래인지 모르고 사는 것과 같은 이치입니다. 노래가 자기 삶의 장식품에 불과하거나 있어도 좋고 없어도 그만인 것으로 여기며 살아가는 사람도 많습니다.

그럴 수도 있습니다. 문제는 그런 사람들 중에는 마음이 붕 떠 있는 채로 살아가는 경우가 많다는 겁니다. 어디에도 마음을 내려놓지 못하고 여기저기를 기웃거리거나 삶의 중심을 잡지 못하고 마음이 허공을 떠다닌다는 겁니다. 일터에서도 그렇고 집안에서도 그렇고 마음이 안착을 하지 못하고 늘 여기가 아닌데 하는 생각을 하며 산다는 것이지요.

그런 날 다른 것 다 놓아두고 음악에 푹 빠져보는 것도 좋습니다. 가까이 있는 사람을 찬찬히 바라보거나 그와 하루 종일 시간을 보내는 것도 좋습니다. 베란다에 물 주어본 지가 오래인 꽃에 다가가 물을 주어보는 것도 괜찮습니다. 단풍 들어 떨어지는 잎을 한참씩 바라보거나 편안한 걸음으로 산책을 나서보는 것도 좋습니다. 오래 잊었던 친구와 만나 옛날이야기를 하는 것도 좋습니다.

꽃 한 송이 사람 하나가 소중하게 여겨지지 않으면 잠시 삶의 걸음을 멈추어야 합니다. 가까운 곳에 아름답고 소중한 것이 있는데 그걸 못 보고 끝없이 다른 곳을 찾아다니는 게 우리 삶이기 때문입니다.

남들도 우리처럼
어여삐 여기며 사랑할까요

밤 깊은데 소쩍새 웁니다. 40일 가까이 내린 장맛비 겨우 그치고 나무들도 새들도 달팽이와 어린 채송화도 하루 종일 젖은 몸을 말리더니 다들 피곤하여 잠이 들었는지 사방은 조용하고 잠 못 든 소쩍새만 어둠 속에서 울고 있습니다. 오늘은 칠석입니다. 초저녁에 뜬 상현달은 보이지 않고 오랜만에 젖은 눈을 씻은 별들이 가까이 내려와 눈을 깜빡이는 밤입니다. 살아 있는 동안 충분히 사랑할 수 없었던 영혼들이 오늘 하루만이라도 은하수 어디쯤에서 만나고 있으면 좋겠습니다. 앞서거니 뒤서거니 하며 떠난 사랑하는 영혼들이 1년에 한 번만이라도 서로 만나 못다 한 회포를 풀 수 있는 날이 있었으면 좋겠다고 생각하며 밤하늘을 올려다봅니다.

저는 요즘 참으로 애절한 편지 한 통을 읽고 또 읽고 있습니다.

남편을 먼저 저세상으로 보낸 부인이 한지에다 직접 붓으로 써서
남편의 수의 속에 넣어준 편지입니다.

　원이 아버지께 사뢰어 올립니다.

　당신이 늘 나에게 말씀하시되 "둘이 머리가 세도록 살다가 함께
죽자" 하시더니, 어찌하여 나를 두고 당신은 먼저 가십니까? 나하고
자식은 누가 거두어 어떻게 살라 하고 다 던지고 당신만 먼저 가십
니까? 당신이 나를 향해 마음을 어찌 가지며 나는 당신을 향해 마음
을 어찌 가졌습니까?

　매양 당신에게 내가 말씀드리기를 한데 누워서 "이보소, 남도 우
리같이 서로 어여삐 여겨 사랑할까요? 남도 우리와 같을까요?" 하
며 당신에게 말씀드리더니 어찌 그런 일을 생각지 아니 하여 나를
버리고 먼저 가십니까?

　당신을 여의고 아무래도 내가 살 힘이 없어 수이 당신에게 가고저
하니 나를 데리고 가소. 당신을 향한 마음을 이 세상에서는 잊을 수
가 없어 아무래도 서러운 뜻이 끝이 없으니, 이 내 마음을 어디에다
두고 자식 데리고 당신을 그리며 살까요? 이 내 편지를 보시고 내
꿈에 자세히 와서 말씀하소. 내가 꿈에 이 보신 말씀 자세히 듣고저
하여 이리 써서 넣습니다. 자세히 보시고 나에게 말씀하소. 당신, 내
가 밴 자식 나거든 보고 말씀하실 일을 두고 그리 가시되 밴 자식 나
거든 누구를 아버지라 하라 하십니까? 아무리 한들 내 마음 같을까
요? 이런 천지 아득한 일이 하늘 아래 또 있을까요? 당신은 한갓 그

리 가 계실 뿐이거니와 아무리 한들 내 마음같이 서러울까요? 그지
그지 가이없어 다 못 써서 대강만 적습니다. 이 나의 편지를 자세히
보시고 내 꿈에 자세히 와서 보이시고 자세히 말씀하소. 나는 꿈에서
당신을 보리라 믿고 있습니다. 몰래 보이소서. 하도 그지 그지 없어
이만 적습니다.

병술년 유월 초하룻날 집에서

원이 아버지께 보내는 이 편지는 '이응태공 부인의 언간'이라 불
리는 편지입니다. 이 편지의 대상이 된 남편 이응태공은 서른한 살
에 세상을 떴습니다. 서른한 살이면 한창 젊은 나이입니다. 조선 중
기 때 사람들이니까 이 부부는 10여 년 이상을 함께 살았을 것입니
다. 살면서 서로를 정말로 아끼고 사랑했던 부부입니다. 남편은 평
상시에도 늘 "둘이 머리가 세도록 살다가 함께 죽자"고 했습니다. 아
내는 그런 남편 곁에 누워 "이보소, 남도 우리같이 서로 어여삐 여겨
사랑할까요?" "남도 우리와 같을까요?" 하고 묻곤 했습니다.

남편이 아내에게 평생토록 사랑하며 살다가 함께 죽자고 하는
말, 아내가 남편에게 남들도 우리처럼 서로 어여삐 여기고 사랑할까
요 하고 묻는 이런 소리를 우리는 얼마나 갖고 싶어했던가요. 서로
어여삐 여기고 사랑하는 이런 사랑을 우리는 얼마나 갈망했던가요.
아니 한 번만이라도 곁에 누운 아내가 이렇게 말하는 소리를 들을
수 있다면 이 세상에 태어나 사는 게 어떻게 행복이 아닐 수 있을까

요. 남편에게 이런 말을 할 수 있게 되기를 아내들은 얼마나 간절히 기다렸던가요.

이 남편은 형 이몽태가 부채에 써서 관에 넣어준 한시에 의하면 "곧음은 대쪽 같았고(汝直如竹)/깨끗함은 백짓장 같았(汝潔如紙)" 던 사람입니다. 곧고 깨끗하게 사는 남편을 사랑하는 아내, 절절한 한글 편지를 쓸 수 있을 정도로 글을 배우고 식견이 있던 아내를 어여삐 여기고 사랑하는 남편. 이 아름다운 부부의 사랑은 그러나 삼십대 초반에 끝났습니다.

남편은 병이 들었고 아내는 병든 남편을 살리기 위해 온갖 노력을 다 했습니다. 남편의 병세가 날로 나빠지자 자기 머리카락을 뽑아 삼줄기와 섞어 남편이 신을 미투리를 삼기도 했습니다. 여인에게 머리털은 아름다움의 상징입니다. 옛날이고 지금이고 여자들은 머리를 아름답게 가꾸는 일에 얼마나 신경을 쏩니까? 머리를 아름답게 매만지는 일로 여자의 하루가 시작된다고 해도 지나친 말이 아닐 겁니다. 그런데 그런 머리털로 남편의 신을 삼을 때는 어떤 심정이겠습니까. 사랑하는 남편이 죽게 된다면 매만지고 가꾸어야 할 머리칼도 아무 소용이 없게 된다는 뜻이었을 겁니다.

그러나 남편은 부인의 그런 정성에도 일어나지 못하였고 서른한 살의 나이에 세상을 뜨고 말았습니다. 아내의 뱃속에 유복자를 남긴 채. 살아 있을 때 남편은 아내의 배를 어루만지며 '뱃속의 자식 낳으면 보고 말할 것 있다' 하였습니다. 아버지로서 자식에게 해주고 싶은 말 깨우쳐주고 싶은 가르침 그런 것이 있었겠지요. 그런데 아직 뱃속에 있는 아이는 태어나지도 않았는데 남편은 먼저 세상을 떠났고 아내는 "그리 가시되 밴 자식 나거든 누구를 아버지라 하라 하십니까?" 하면서 울고 있습니다.

이 슬픔을 어이 말로 다 할 수 있겠습니까. 아내는 남편의 장례를 모시는 그 경황없는 중에 붓을 들어 못다 한 말들을 화선지에 적어 내려갔겠지요. 편지를 한 줄 쓰고 눈물이 앞을 가려 한참을 멈추었다가 다시 흔들리는 붓으로 또 한 줄을 써 내려가고 "당신을 여의고 아무래도 내가 살 힘이 없어 수이 당신에게 가고저 하니 나를 데리고 가소" 이렇게 써놓고 젊은 아내는 빈방에서 혼자 얼마나 울었을까요. "당신을 향한 마음을 이 세상에서는 잊을 수가 없어 아무래도 서러운 뜻이 끝이 없으니⋯⋯" 이렇게 쓰는 동안 편지지에, 편지를 쓰는 손등에 얼마나 많은 눈물이 흘러내렸을까요. 그러다 "이 내 마음을 어디에다 두고 자식 데리고 당신을 그리며 살까요?" 하고 써놓고는 다음 글을 못 쓰고 차가운 방바닥에 엎드려 통곡하였을 겁니다. 어린 자식과 뱃속에 든 유복자를 데리고 혼자 살아가야 할 남은 날들을 생각하며 청상의 아내는 삼백예순 뼈마디가 저리고 아팠을 겁니다. "그지 그지 가이없어 다 못 써서 대강만 적"는 그 심정이 오죽하겠습니까.

그 편지를 경상도 안동 땅의 남자들이 주관하는 엄격한 장례 절차의 과정중에 관에 넣는 아내의 슬픈 손을 생각합니다. 그 관이 깊은 흙속에 묻히는 걸 바라보며 땅을 치고 울던 여인을 생각합니다. 어린 나이에 첫사랑으로 만나 서로 아끼고 어여삐 여기며 애틋하게 사랑하다 황망하게 남편을 보내고 혼자 남아 꿈속에서나마 남편을 만나고자 불을 끄고 눕던 수많은 밤을 생각합니다. 남편 없이 혼자 아이를 낳으며 울었을 아픈 시간을 생각합니다.

그리고 412년이 지난 1998년, 안동시 정상동 택지개발지구 내 한 무덤에서 이 편지는 다시 세상 밖으로 나왔습니다. 못다 한 사랑, 풀지 못한 한이 400여 년을 꼼짝 않고 웅크리고 있다가 세상에 다시 모습을 드러내었습니다. 얼마나 한이 깊었으면 글자 한 자 상하지 않고 400년을 그대로 있었을까요? 이 편지를 미처 못 읽고, 그 마음을 다 전할 수 없던 부부의 영혼이 그사이에 다시 태어나고 또 태어나 아프고 아름다운 인연으로 만나 사랑하였기를 바랍니다. 언젠가는 다시 부부가 되어 아내가 먼저 세상을 떠나고 남편이 뒤에 남아 아내에게 눈물로 편지를 쓰고 그렇게 업연을 갚았기를 바랍니다. 이 세상 많은 이들이 그 아내를 위해 울어주었기를 바랍니다. 아니 두 사람이 부부가 되기도 하고 가족이 되기도 하여 머리가 세도록 서로 어여삐 여기고 사랑하는 세월이 있었기를 바랍니다.

산에서
보내는
편지

"그대 언제 이 숲에 오시렵니까?"

이 문장은 숲에 있던 내가 사막에 있는 내게 던지는 물음입니다.

자주 목이 마르고 불안하고 지쳐 쓰러질 것 같은 하루를 살고 있다면 사막에 있는 것인지 모릅니다. 앞사람을 따라가지만 이 길이 맞는 길인지 모르겠고, 길에서 낙오하면 죽을지 모른다는 두려움에 가득차 있다면 사막에 있는 것인지 모릅니다. 어디가 길인지 모르겠고, 길을 잃을 때가 많은데 도처에서 모래바람 같은 것이 몰려와 눈을 뜰 수가 없다면 그대도 사막에 있는 것입니다.

숲에서 불어오는 바람은 내 안에 들어와 나를 살립니다. 떡갈나무 연초록 잎이 내쉬는 숨결이 내 안에서 내 생명의 일부가 되어 나를 살아 있게 합니다. 그늘을 만들어주고 열매를 주며 지친 몸을 쉬게 해주고 영혼의 거처를 만들어줍니다. 살아 있는 모든 것에 감사하게 합니다. 그게 숲입니다.

우리가 삶을 시작했던 곳이 숲입니다. 우리가 돌아가야 할 곳, 그곳이 숲입니다. 폭염에 저를 버렸던 이파리가 두어 달 뒤 다시 푸르게 살아나는 곳도 숲입니다. 십일월에 끝난 듯싶었다가 사월에 다시 시작하는 곳이 숲입니다. 생명력이 살아 있는 곳, 그곳이 숲입니다. 조금 전까지 살아 있었는데 금방 죽음으로 변하는 곳, 그곳이 사막입니다. 너 때문에 죽을 수 있는 곳, 그곳이 사막입니다. 너 때문에 내가 사는 곳, 그곳이 숲입니다. 너 때문에 세상이 싫어지는 곳, 그곳이 사막입니다. 너 때문에 세상이 아름다워지고 살고 싶어지는 곳, 그곳이 숲입니다. 너 때문에 내가 황폐해지는 곳, 그곳이 사막입니다. 너 때문에 내가 풍요로워지는 곳, 그곳이 숲입니다. 너 때문에 내가 독한 사람이 되는 곳, 그곳이 사막입니다. 너 때문에 내가 선하게 변하는 곳, 그곳이 숲입니다.

그대가 있는 곳은 숲입니까? 사막입니까?
절판된 책을 다시 내는 이유도 그대가 사막에 있다면 다시 숲으로 오시도록 부르고 싶기 때문입니다.

2017년 이월의 숲에서 도종환

그대 언제 이 숲에 오시렵니까
ⓒ 도종환 2017

초판 1쇄 발행 2017년 2월 22일
초판 3쇄 발행 2023년 1월 20일

지은이   도종환
펴낸이   김민정
편집   김필균 도한나
표지 디자인   고은이
본문 디자인   유현아 고은이
마케팅   정민호 이숙재 김도윤 한민아 정진아 이민경 정유선 김수인
브랜딩   함유지 함근아 김희숙 고보미 박민재 박진희 정승민
제작   강신은 김동욱 임현식
제작처   영신사

펴낸곳 (주)난다
출판등록 2016년 8월 25일 제2016-000108호
주소 10881 경기도 파주시 회동길 210
전자우편 nandatoogo@gmail.com
페이스북 @nandaisart | 인스타그램 @nandaisart
문의전화 031-955-8865(편집) 031-955-2696(마케팅) 031-955-8855(팩스)

ISBN 979-11-960030-2-9 03810